字谜大全

ZI MI DA QUAN

徐井才◎主编

新华出版社

图书在版编目（CIP）数据

字谜大全/徐井才主编．
—北京：新华出版社，2013.1（2023.3重印）
（校园图书角必备藏书）
ISBN 978 - 7 - 5166 - 0336 - 9 -01

Ⅰ.①字…　Ⅱ.徐…　Ⅲ.①汉字—谜语—汇编　Ⅳ.①I277.8
中国版本图书馆 CIP 数据核字（2013）第 016180 号

字谜大全

主　　编：徐井才	
封面设计：睿莎浩影文化传媒	**责任编辑：**张永杰

出版发行：新华出版社

地　　址：北京石景山区京原路 8 号	邮　　编：100040

网　　址：http：//www.xinhuapub.com

经　　销：新华书店

购书热线：010 - 63077122	**中国新闻书店购书热线：**010 - 63072012

照　　排：北京东方视点数据技术有限公司
印　　刷：永清县晔盛亚胶印有限公司

成品尺寸：165mm×230mm

印　　张：12	字　　数：180 千字
版　　次：2013 年 3 月第一版	印　　次：2023年3月第三次印刷

书　　号：ISBN 978 - 7 - 5166 - 0336 - 9 -01
定　　价：36.00 元

目 录

第一部分 10大妙招让你轻松成为解谜高手

妙招1：合并法 ·········· 2

妙招2：加字法 ·········· 2

妙招3：减字法 ·········· 3

妙招4：半字法 ·········· 3

妙招5：象形法 ·········· 4

妙招6：方位法 ·········· 4

妙招7：拆字法 ·········· 5

妙招8：形声法 ·········· 5

妙招9：会意法 ·········· 6

妙招10：问答法 ·········· 6

第二部分 字谜库

一、运用合并法解字谜

字谜库① ·········· 8

字谜小故事

奸臣与螃蟹·····································17

骆宾王出字谜·····································19

二、运用加字法解字谜

字谜库②·····································24

字谜小故事

马鞍藏雄心·····································35

杨修巧猜字谜·····································36

妙趣字谜·····································37

三、运用减字法解字谜

字谜库③·····································43

字谜小故事

弓箭藏喜讯·····································53

谜诗解字谜·····································54

画中藏谜底·····································55

四、运用半字法解字谜

字谜库④·····································61

字谜小故事

妙语尝狗肉·····································70

衷心的侍卫·····································71

苏东坡巧猜半句谜·····································72

五、运用象形法解字谜

字谜库⑤·····································77

字谜小故事

冯梦龙巧戏算命先生 ………………………………………… 89

农夫、渔夫与书生 …………………………………………… 91

六、运用方位法解字谜

字谜库⑥ ……………………………………………………… 96

字谜小故事

绝句诗字谜 …………………………………………………… 105

石头指路 ……………………………………………………… 106

挥笔批文章 …………………………………………………… 107

七、运用拆字法解字谜

字谜库⑦ ……………………………………………………… 113

字谜小故事

才子与字谜 …………………………………………………… 123

纪晓岚题字戏和珅 …………………………………………… 125

八、运用形声法解字谜

字谜库⑧ ……………………………………………………… 131

字谜小故事

改姓的财主与无赖 …………………………………………… 140

莲船巧骂贪官 ………………………………………………… 141

诗歌与菜谱 …………………………………………………… 142

九、运用会意法解字谜

字谜库⑨ ································· 148

字谜小故事

鲁班考徒弟 ······························165

老翁与牧童 ······························167

佛印吃鲜鱼 ······························168

十、运用问答法解字谜

字谜库⑩ ································· 176

字谜小故事

不吭声吃西瓜 ····························182

各姓什么 ······························183

第一部分 10

大妙招让你轻松成为解谜高手

妙招1 合并法

　　合并法是最简单的猜字谜的方法。我们知道，汉字中很多字都是由几个可以独立的单字拼合而成的。同样，用合并法做成的字谜，其谜底都是由两个以上的单字合并而成的，其谜面还会有提示的字眼，如"合、与、并"等等，我们根据谜面的提示，很容易猜出这类字谜。

例如 日月一起来——"明"

　　"一起来"可以理解为"加"的意思，"日"加"月"，就是"明"。

妙招2 加字法

　　这类字谜需要我们把谜面中的字或是符号加起来，组成一个新的字。需要注意的是，这种字谜的谜面还会用某个字对我们进行暗示，告诉我们需要把谜面的某些成分加起来。这个字通常是"有、和、多、入、进、来"等。

例如 又多一点——"叉"

　　"又"加上"、"，就是"叉"。

妙招3 减字法

减字法同加字法正好相反，谜面需要我们把某个字去掉某一部分，剩下的部分就是我们需要的答案。同加字法一样，用减字法猜出的字谜的谜面，也会用某个字给我们暗示，告诉我们把谜面的某些成分去掉。这个字通常是"落、去、没、走、飞、不"等。

例如 旭日东升——"九"

"旭"字的东边的"日"字"升"出去了，也就是"日"字被减去了，剩下的字就是谜底"九"。

妙招4 半字法

这类字谜的谜面通常由两部分组成，一部分是基本字，另一部分就是"半、残、缺"等字。"半、残、缺"提示我们要删除掉基本字的一部分，将剩下的部分重新组合，成为新的汉字。

例如 半土半洋——"汁"

"半土"是个"十"，半洋是个"氵"，合起来就是"汁"字。

妙招5 象形法

　　象形法是一种非常有趣的猜字谜的方法。在猜这类字谜时，一定要联系现实生活，充分调动我们的想象力。它巧妙地把汉字的整体或某部分的形状进行比拟，将其想象成和生活中常见的相似的物体的形象。

　　在这类字谜中，常用的象形有："、"，它可以被比拟成"雨点、泪珠、豆子、蝌蚪"等；"之"常被比拟成"舟"；"干"常被比拟成蜻蜓；"⌒"的形象视为"桥"；"彡"视为柳枝；"阝"被比拟为迎风飘动的旗帜；等等。

例如 蜻蜓点水——"汗"

　　"蜻蜓"用象形法可猜出是"干"，"水"就是"氵"，组合起来就是"汗"字。

妙招6 方位法

　　用方位法猜出的字谜，它们的谜面通常由基本字与方位词组成。常见的方位词有"上，下，左，右，前，后，内，外，东，西，南，北，里，边"等。我们需要根据谜面的方位词找出基本字的"零件"（如偏旁和部首），然后将这些"零件"拼成一个完整的汉字。

例如 喜上眉梢——"声"

　　"喜上"告诉我们要取"喜"最上面的"士"，"眉梢"告诉我们要取"眉"上面的部分，组合起来，就是"声"字。

妙招7 拆字法

拆字法需要我们把谜面的合体字拆开，把几个字拆下来的部分组合成另一个字。有的谜底是把两个或两个以上的字合成一个字，有的谜底是用部首和字组合而成的新字，有的谜面还会给我们字义或是字音的提示。

例如 明日要去听音乐——"月"

"明"去掉"日"，是"月"，而"乐"则给了我们谜底字音的暗示。

妙招8 形声法

用形声法猜字谜很有趣，它不仅需要考虑谜面的文字，还要根据谜面，联想实际生活中事物发出的声音。有的时候，我们可以从字面中直接得到谜底的字音，有时需要间接地利用谜面里可以发出声音的字。

这类字谜的谜面会给我们一些提示，通常会用"听、闻、唱、叫"等动词。

例如 隔门闻犬吠——"润"

这个谜面的意思是，隔着门，听见狗叫声。狗的叫声是怎样的呢？是"汪汪汪"的声音。由于是"隔门"听到的声音，将"门"和"汪"结合起来，就是"润"字。

妙招9 会意法

用会意法表述的字谜比较难猜，它需要我们分析和领会谜面意思，然后根据谜面的意思深入思考，通过推理、会意联想出谜底。猜这类字谜我们需要"转"一道弯，才能找出与谜面间接吻合的谜底。

例如 千言万语——"够"

"千言万语"，就是"句多"的意思，也就是"够"字。

妙招10 问答法

这类字谜，通常是以出问题的方式给出谜面。我们不要想当然，跟着问题走，回答一个常识性的答案了事，而应顺着答案进一步思考，找出谜底。通常来说，由这个谜面得出的常识性的答案通常为两个或两个以上的独体字。

例如 代父从军是何人——"栏"

我们都知道，代父从军的是木兰，"木"、"兰"两个字合起来就是"栏"。

第二部分

字谜库

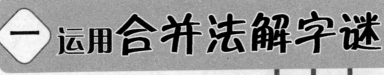

一 运用合并法解字谜

字谜库①

01

zōng hé mén shì
综合门市，
wú fǎ ān jìng
无法安静。

02

hé èr ér yī
合二而一

03

qiān lǐ xiāngféng
千里相逢

04

gè gè xiāng lián
个个相连

05

èr shānchuān zài yì qǐ
二山穿在一起,
cāi chū méi yǒu dào lǐ
猜出没有道理。

06
shānshang hái yǒu shān
山上还有山

07
yí dà èr xiǎo
一大二小

08
jiǔ zhī niǎo
九只鸟

09
jiǔ liàng chē
九辆车

10
jiǔ diǎn
九点

11

rén wǒ bù fēn

人我不分

12

rén dōu dào le

人都到了

13

bā shí bā

八十八

14

bā xiōng dì tóng shǎng yuè

八兄弟同赏月

15

shí yī gè dú shū rén

十一个读书人

16　shí èr diǎn
十二点

17　shí sān diǎn
十三点

shí yuè shí rì
十月十日　18

19　shí zì duì shí zì
十字对十字，
tài yáng duì yuè liang
太阳对月亮。

20

dà yǔ luò zài héngshānshàng
大雨落在横山上

21

shǒu tí bāo
手提包

22

wén wǔ hé yī
文武合一

23

rì fù yí rì
日复一日

24

shuǐ shàng gōng chéng

水上工程

25

gǔ shí hòu de yuè liang

古时候的月亮

26

tián li yǔ hòu zhǎng qīng cǎo

田里雨后长青草

27

yǒu liǎng gè dòng wù   yí gè zài

有两个动物，一个在

shuǐ li   yí gè zài shān shàng

水里，一个在山上。

28
cǐ dì jǐng sè jiā yī
此地景色佳，依
shān bàng shuǐ zhēn mí rén
山傍水真迷人。

cuò shàng jiā cuò
错上加错
29

30
shí gè gē ge lì liàng dà
十个哥哥力量大，
yí qiè kùn nán dōu bú pà
一切困难都不怕。

31
dà rén yǔ xiǎo hái
大人与小孩

32

zì dà jiā yì diǎn

自大加一点

33

liǎng diǎn shuǐ

两点水

34

zhēn xīn xiāng bàn

真心相伴

35

zhǎng mén rén

掌门人

36

rì yuè zì xī dōng

日月自西东

16

jiān chén yǔ páng xiè
奸臣与螃蟹

宋朝的秦桧，是中国历史上十大奸臣之一，因以"莫须有"的罪名处死抗金英雄岳飞而遗臭万年，北宋末年与宋徽宗、钦宗一起被金人俘获，南归后，当了宰相。

可是这时的宋朝皇帝，与以往一样，不知改良政策，富国强民，依旧过着悠闲自得的生活。

秦桧也依旧横行霸道、残害忠良。不仅如此，他还一直想着如何向周围的其他政权卖国求荣，获得一时之安。

有一年元宵节，当时的皇帝高宗赵构，下令百姓献灯。在形形色色的彩灯中，有一盏蟹灯特别吸引人。只见那个大螃蟹大钳怒张，八足齐伸，活灵活现。

有意思的是，在八只蟹脚的尖爪上各粘着一个字，连起来是："春来秋往，压日无光。"高宗站在灯前想了好久，也不知这八个字的含义。

这时，善于拆字的谢石在旁提示说："皇上，蟹乃横行之物，百姓以此献灯，必有深意。"

赵构沉吟半晌，便令太监把蟹灯送给秦桧。

秦桧收灯看到这八个字后，勃然大怒，因没法找到献灯的人，竟借故把谢石杀掉了。

原来，"春无日"为"夫"，"秋无光（火）"为"禾"，加在一起正好是个"秦"字，暗示秦桧似螃蟹般横行霸道。

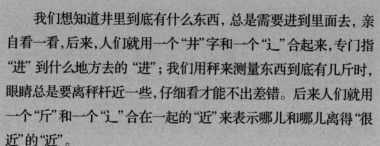

"近"和"进"

我们想知道井里到底有什么东西，总是需要进到里面去，亲自看一看，后来，人们就用一个"井"字和一个"辶"合起来，专门指"进"到什么地方去的"进"；我们用秤来测量东西到底有几斤时，眼睛总是要离秤杆近一些，仔细看才能不出差错。后来人们就用一个"斤"和一个"辶"合在一起的"近"来表示哪儿和哪儿离得"很近"的"近"。

骆宾王出字谜

唐代诗人骆宾王从小就很聪明，在七岁的时候就做出了名诗《咏鹅》。长大后的他，一次宴请好友，所有被邀请到的亲朋全都到齐了，只有一位好友未到。原来啊，几天前那位好朋友因为点小事与骆宾王发生了不和。骆宾王便作了一首四言诗：

自西走向东边停，

峨眉山上挂三星。

三人同骑无角牛，

口上三划一点青。

在场的人都不知道怎么回事，这时，从后面挤出了一个人，原来那人就是骆宾王的好友。只见这位好友拱手说道："既然兄台如此'一心奉请'，那我也就来啦！"这位好友为何猜出了骆宾王的意思，而原谅了他呢？

原来，"自西走向东边停"，是"一"字。因为"一"的笔画是从左至右，也就是从西到东；"峨眉山上挂三星"，是"心"字。"心"字下面的弯钩像是山峰，上面的三点像是三颗星星；"三人同骑无角牛"，是"奉"字。"奉"字上面是"三"和"人"，而"牛"字去了上面的一撇即成"奉"下面的部分，也就是"没有角的牛"；"口上三划一点青"，是"请"字。"口上三划一点"指的是"言"，也就是"讠"。

"处"和"外"

"处"：汉字"又"戴着一顶"大歪帽"，拿着个大萝卜，到处走走、看看，每一个好玩的地方它都没放过。

"外"：当夕阳来到时，"又"走累了，把自己的腿收回来，（也就是"处"的捺变成一小点）不再出去，只把大萝卜放在外边守候着。

参考答案

运用合并法解字谜

01. 闹。"综合"可以理解为相加的意思。把"门"和"市"相加，自然就得到"闹"字。

02. 面。"合"是加的意思，"二"、"而"、"一"加起来就是"面"字。

03. 重。"相逢"，可以理解为相加的意思。"千""里"相加，就是"重"字。

04. 箱。"个"、"个"、"相"，三个字相加，就是"箱"。

05. 击。"山"，"穿在一起"，标明"山"的"丨"穿过"二"，得出"击"。而"猜出没有道理"，则告诉我们，不能把"二山"理解成"两个山相加"。

06. 出。两个"山"相加。

07. 奈。"大"、"二"、"小"三个字合在一起为"鸠"。

08. 鸠。"九""鸟"两个字合在一起"轨"。

09. 轨。"车""九"两个字。

10. 丸。"九""、"相加。

11. 俄。"人""我"两个字不分开为"俄"。

12. 倒。"人""到"两个字相加为"倒"。在字谜游戏中，"人"通常可理解为"亻"。

13. 米。"八""十""八"三个字相加，其中第一个"八"可理解为两个"、"，所以为"米"。

14. 脱。"八"可理解为两个"、""八兄弟"则为"说"，"八兄弟同赏月"则为"脱"。

15. 仕。"十""一""人"三个字相加。

16. 斗。"二点"可理解为两个"、"。

17. 汁。"三点"可理解为三个"、"即"氵"。

18. 萌。"艹"可理解为两个"十"。

19. 朝。"太阳"是"日"，"月亮"是"月"。

20. 雪。"横山"也就是把"山"横过来。

21. 抱。"手提"暗示我们有个"扌"。

22. 斌。"合一"就是相加的意思。

23. 昌。两个"日"相加。

24. 汞。"水"上面是"工"。

25. 胡。"古""月"两个字相加。

26. 蕾。"青草"指偏旁"艹"。"艹"、"雨"、"田"相加，就是"蕾"。

27. 鲜。水里的动物是"鱼"，山上的动物是"羊"。

28. 汕。"傍水"即"氵""依山傍水"即"汕"。

29. 爻。"错"可理解为"✗"。

30. 克。"哥哥"就是"兄"，"十""兄"相加为"克"。"一切困难都不怕"，就是"克"的意思。

31. 尖。"大""小"相加。

32. 臭。"一点"就是"丶"，"自""大""丶"合在一起为"臭"。

33. 冰。"两点"就是"冫"。

34. 慎。在字谜中，"心"常指"忄"。

35. 们。"门""人"相加。

36. 明。"日"在左，也就是"西"。"月"在右，也就是"东"。

二 运用加字法解字谜

字谜库②

01

wáng bái èr rén zuò
王白二人坐
zài shí tou shàng
在石头上

02

yǒu ěr tīng bú jiàn
有耳听不见

03

yì zhī gǒu sì gè kǒu
一只狗四个口

04

yì zhī niú
一只牛

05

sān kǒu chóng dié
三口重叠，

mò bǎ pǐn zì cāi
莫把品字猜。

06

yí jiàn chuān xīn
一箭穿心

07

qī rén tóu shàng zhǎng le cǎo
七人头上长了草

08

shàng xià hé
上下合

09

qiān lǐ yīn yuán yí xiàn qiān
千里姻缘一线牵

10

bú yào jiǎng huà cāi yí gè zì
不要讲话，猜一个字。

11

rì jiā zhí　　bù jiā diǎn
日加直，不加点。

12

bō kāi céng yún jiàn chóng shān
拨开层云见重山

13

wén wǔ liǎng quán
文武两全

14

jiàn rén jiù xiào
见人就笑

15

yì diǎn bù chū tóu
一点不出头

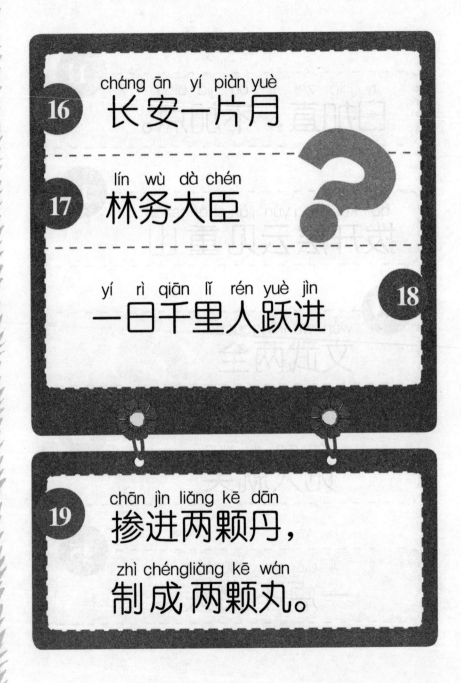

16

cháng ān yí piàn yuè
长安一片月

17

lín wù dà chén
林务大臣

yí rì qiān lǐ rén yuè jìn
一日千里人跃进

18

19

chān jìn liǎng kē dān
掺进两颗丹，

zhì chéng liǎng kē wán
制成两颗丸。

jīn zì tǎ
金字塔

20

21

shí rén jù zǒu
十人俱走

22

yǔ wǒ tóng xíng
与我同行

23

diǎn diǎn chéng jīn
点点成金

tuī kāi yòu lái
推开又来

24

25

zhí qián bù zhí qián
值钱不值钱，
quán zài zhè liǎng diǎn
全在这两点。

26

yǎn kàn tián shàng zhǎng qīng cǎo
眼看田上长青草

27

dú liú huā xià rén
独留花下人，
yǒu qíng què wú xīn
有情却无心。

28

jiā yì bǐ bù hǎo
加一笔不好，
jiā yí bèi bù shǎo
加一倍不少。

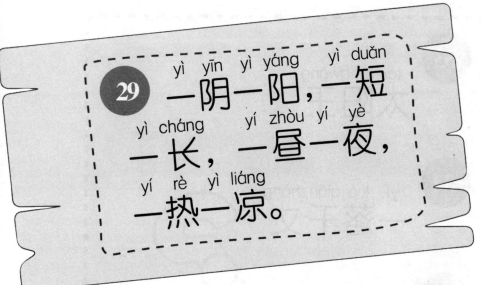

29 yì yīn yì yáng, yì duǎn yì cháng, yí zhòu yí yè, yí rè yì liáng

一阴一阳，一短一长，一昼一夜，一热一凉。

30 qiān lái yì kǒu

迁来一口

31 hòu lái zhě jū xià

后来者居下

32 rén rén dōu zǒu héng dào xiàn

人人都走横道线

33

tài yángwáng

太阳王

34

yí luò qiānzhàng

一落千丈

35

dà chǎngyòngdiàn duō yì diǎn

大厂用电多一点

36

yù huà wú yán tīng liú shuǐ

欲话无言听流水

37

bàn gè rén

半个人

38

dà yǒu kě wéi

大有可为

39

huà zhōng rén

画中人

40

gǔ dù biān

古渡边

41

yī yī bǔ zú

一一补足

42

jiā tiān yì kǒu

家添一口

43

liǎng rén zuò gōng

两人做工

44

qiān rén zhī zhōng

千人之中

45

mén li yáng guāng zhào

门里阳光照，

mén wài yǔ piāo piāo

门外雨飘飘。

46

nèi zhōng yǒu rén

内中有人

马鞍藏雄心

南宋辛未年间，江阴有个举人名叫袁舜臣，他准备进京参加科举考试，出门之前，他在马鞍上题了一首诗：

六经蕴藉胸中久，一剑十年磨在手。

杏花头上一枝横，恐泄天机莫露口。

一点累累大如斗，掩却半妆何所有。

完名直待桂冠归，本来面目君知否？

一路上，大家都觉得奇怪。后来，苏州举人刘珹看到了，大呼袁舜臣此次赶考志在必得。原来，马鞍上的这首诗藏了四个字——"辛未状元"。

"六"加"一"、"十"，是个"辛"字；"杏"除去"口"加一横，是个"未"；"妆"去掉一半，剩下"爿"，"大"加一点为"犬"。"爿""犬"相加，就是"状"；"完"去掉"宀"，就是"元"字。

杨修巧猜字谜

yáng xiū shì dōng hàn xiàng guó cáo cāo de móu shì yǒu yí cì cáo cāo zào le yì suǒ hòu
杨修是东汉相国曹操的谋士。有一次，曹操造了一所后

huā yuán hòu huā yuán luò chéng shí cáo cāo qián qù shì chá bèi zhe shǒu zài yuán zhōng zhuàn
花园。后花园落成时，曹操前去视察，背着手，在园中转

le yì quān lín zǒu shí zài yuán mén shàng xiě le yí gè huó zì
了一圈，临走时在园门上写了一个"活"字。

gōng jiàng men bù zhī dào shì shén me yì si yú shì jiù qù qǐng jiào yáng xiū yáng xiū duì
工匠们不知道是什么意思，于是就去请教杨修。杨修对

gōng jiàng men shuō mén nèi tiān huó zì jiù shì gè kuò zì chéng xiàng xián
工匠们说："'门'内添'活'字，就是个'阔'字，丞相嫌

nǐ men bǎ yuán mén zào de tài kuān dà le gōng jiàng men huǎng rán dà wù yú shì chóng xīn
你们把园门造得太宽大了。"工匠们恍然大悟，于是重新

jiàn zào yuán mén wán gōng hòu zài qǐng cáo cāo yàn shōu cáo cāo fēi cháng gāo xìng wèn dào
建造园门。完工后再请曹操验收。曹操非常高兴，问道：

shuí lǐng huì le wǒ de yì si gōng jiàng men dōu huí dá shuō duō kuī yáng zhǔ bù cì jiào
"谁领会了我的意思？"工匠们都回答说："多亏杨主簿赐教！"

画图记生字

怎么才算"聪"呢？耳朵(耳)要听，眼睛(眼)要看，嘴巴(口)要念，心里(心)要想，这样才算是"聪"明。

妙趣字谜
miào qù zì mí

相传，在明朝弘治年间有一位学者，名叫丘浚，他勤奋好学，博闻强记，精通经史子籍，官封文渊阁大学士。

他学识渊博、聪慧、机智，民间流传了不少他的趣事。

有一次，他差一点被一个普通的店家女儿难住。

一晚，他住在一家旅店里。店主的女儿好学，粗通文墨，蕙质兰心，得知丘浚到了这里，便很想向他请教，丘浚年逾花甲，平易近人，有问必答。

店主女儿说："我出个谜给先生猜好吗？"丘浚说："好，我倒是很喜欢猜谜的。"女孩轻轻道来："二人并坐，坐到二更三鼓，一畏猫儿一畏虎。打一字。"

丘浚想了好久，也理不出个头绪。他反复推敲：二人并坐可能包含两个"人"字，可是一个畏猫一个怕虎，就不会是两个"人"了，那么就该是两个字在一起合成一个字。什么怕猫呢——鱼，什么怕虎呢——羊。对了，是个"鲜"字！他拈着长长的胡子说出答案。

diàn zhǔ nǚ ér què xiào le xiào shuō　　bú duì
店主女儿却笑了笑说："不对！"

qiū jùn wèn　　zěn me bú duì　　diàn zhǔ nǚ ér shuō　　jì rán tí jí　　zuò dào
丘浚问："怎么不对？"店主女儿说："既然提及，坐到

èr gēng sān gǔ　　zé bì yǒu qí yì
二更三鼓，则必有其意。"

qiū jùn xiǎng le xiǎng　　huǎng rán dà wù　　duì le　　èr gēng zhě hài shí yě　　sān gǔ
丘浚想了想，恍然大悟："对了，二更者亥时也，三鼓

zhě zǐ shí yě　　mò fēi shì gè　　hái　　zì ma
者子时也，莫非是个'孩'字吗？"

diàn zhǔ nǚ ér diǎn tóu xiào zhe shuō　　duì le　　zǐ wéi shǔ　　jù māo　　hài shì zhū
店主女儿点头笑着说："对了！子为鼠，俱猫；亥是猪，

wèi hǔ　　qiū jùn bù jīn chēngmiào
畏虎。"丘浚不禁称妙。

"玩"与"完"

　　国王的二儿子最喜欢玩了，他玩的时候从来不戴帽子。因为神仙曾经告诉过他，只要他戴上了帽子尤其是宝盖帽，他就完了，他就要独立生活，就不再是国王的儿子了。后来，人们根据这个故事，把"玩"叫作玩耍的"玩"，把"完"叫作"完了、完成"的"完"。

参考答案

运用加字法解字谜

01. 碧。"王""白"两字在"石"字的上面。

02. 龙。"听不见"就是"聋"。谜面的意思是谜底加上"耳"为"聋"。

03. 器。"狗"在字谜游戏中常指代"犬"字。

04. 生。"一""牛"相加,就是"生"。

05. 吕。"三口",我们通常以为是"品"字。但谜面告诉我们,谜底不是"品"。

06. 必。"一箭"指"丿"。

07. 花。"草"在字谜游戏中常指"艹"。"七""亻""艹"相加,就是"花"。

08. 卡。"上"、"下"合在一起就是"卡"。

09. 重。把"千""里"两个字"牵"在一起,就是"重"。

10. 吻。"勿"的意思就是"不要","讲话"可用"口"表示。"口""勿"相加,就是"吻"。

11. 神。"日"加"直",就是"日"加"丨",为"申"。"不"加"点",就是"不"加"丶",为"礻"。

12. 屈。"拨开层云"的意思是把"层"中的"云"去掉,就是"尸","重山"就是"出"。

13. 斌。"文""武"相加。

14. 竺。谜面的意思是谜底加上"人"就成了"笑"字。

15. 术。"不"字"出头"为"木"。"木"加"丶",就是字谜的答案——"术"。

16. 胀。"月""长"相加。

17. 棺。"大臣"就是"官"。

18. 香。"千"加"人"为"禾"。"禾"、"日"两部分相加,就是答案——"香"。

19. 册。"丹"在字谜游戏中常被理解为"丶"。"册"中加上两个"丶",再拆开,就是两个"丹"。

20. 鑫。用"金"字组成塔的形状。

21. 真。"俱"去掉"亻",是"具"。"十""具"相加,为"真"。

22. 衙。"我"就是"吾"。"吾"字加在

"行"字中间,就是答案——"衙"。

23. 全。"全"加两个"、",就是"金"。

24. 摊。把"又"夹在"推"的中间,为"摊"。

25. 金。"全"加两个"、"为"金"。我们都知道,金子很值钱了。

26. 瞄。"田上长青草"为"苗"。"眼"就是"目"。

27. 倩。"情"去掉"忄",就是"青"。"亻"和"青"两部分相加,就是答案——"倩"。

28. 夕。因为"夕"加一笔为"歹",加一倍是"多"。

29. 明。一个太阳,一个月亮,也就是"日""月"。

30. 适。"舌""口"相加。

31. 屠。"者"放到"居"的下面,就是"屠"。

32. 丛。"横道线"就是"一"。

33. 旺。"太阳"就是"日","日"加"王"为"旺"。

34. 仟。"落"在字谜游戏中常理解为"去掉"。把"千"中的"一"去掉,是"亻"。

35. 庵。"大""厂""电""、"相加。

36. 活。"言"在字谜游戏中常理解为"讠"。"话"去掉"讠"为"舌"。"流水"可理解为"氵"。答案为"活"。

37. 伴。"半""亻"相加。

38. 奇。"大""可"相加。

39. 佃。"画"中是"田"。

40. 沽。"渡"的一边是"氵"。

41. 是。把"一""一"补在"足"中。

42. 豪。"家"中加"一""口",就是"豪"。

43. 巫。"人""人""工"相加。

44. 种。"千""人"相加,就是"禾"。

45. 涧。"门里阳光照"为"间"。"雨"在字谜游戏中有时理解为"氵"。"氵"放在"间"的外面,为"涧"。

46. 肉。"内"中加上"人"。

三 运用减字法解字谜

字谜库③

01

zhēng zì shǎo yì héng
正字少一横，

bú zuò zhǐ zì cāi
不作止字猜。

02

fū rén mò rù
夫人莫入

03

yì liǎo bǎi liǎo
一了百了

04

yì kǒu yǎo dìng
一口咬定

05

tiān shàng wú èr   hé qù
天上无二，合去
yì kǒu   jiā jiā dōu yǒu
一口，家家都有。

06
jiǔ shí jiǔ
九十九

07
rén bú zài qí wèi
人不在其位

08
rén yǒu tā zé biàn dà
人有他则变大

09
rén wú xìn bú lì
人无信不立

10
jiǔ léi bù yǔ
久雷不雨

11

zhōng xīn yì diǎn kǒu bú jiàn

中心一点口不见

12

fū rén hé chù qù

夫人何处去

13

fù chū ài xīn

付出爱心

14

chū yí bàn yǒu hé bù kě

出一半有何不可

15

shī qí xīn yě

失其心也

16
dǎ duàn niàn tóu
打断念头

17
zhēng yuè wú chū yī
正月无初一

18
yǒu xīn dé zhì
有心得志

19
zǒu le yì rén   hái yǒu yì kǒu
走了一人，还有一口；
qù le yì kǒu   hái cún yì rén
去了一口，还存一人。

wā diào qióng gēn qiǎo ān pái
挖掉穷根巧安排

20

21
míng yuè dāng kōng rén jìn yǎng
明月当空人尽仰

22
jué dài jiā rén qù
绝代佳人去

23
cán huā piàn piàn liú yú xiāng
残花片片留余香

zǎo rì téng fēi
早日腾飞

24

25 shēn cán xīn bù cán
身残心不残

26 shé tou méi yǒu
舌头没有

27 dà hé shàng xià
大河上下，
dùn shī tāo tāo
顿失滔滔。

28 nín fàng xīn
您放心

29

sòng zì qù le gài
宋字去了盖，
bú zuò mù zì cāi
不做木字猜。

gǒngshǒuràng rén
拱手让人
30

31
zuó rì bù kě liú
昨日不可留

32
fēi shā zǒu shí
飞沙走石

33
chéng rén bú bèi
乘人不备

34
ná bù chū shǒu
拿不出手

35
zhēn diū rén
真丢人

36
cǎo shàng fēi
草上飞

37
zhǎn cǎo bù chú gēn
斩草不除根

huī shǒu gào bié
挥手告别
38

léi ér wú yǔ
雷而无雨
39

wén bú rù ěr
闻不入耳
40

yǔ rén fāng biàn
与人方便
41

42
guǒ duàn yǒu lì
果断有力

弓箭藏喜讯

唐朝的时候，有一位姓张的秀才进京赶考，考完后就借住在青龙寺等待揭榜。可谁知，一连等了几天，都没有消息，他等得发慌，决定去西郊找一位名叫叶简的朋友聊聊天，缓解一下压力。

这位张秀才在临出门时对寺里方丈说："要是有好消息，望立刻派人到西郊来告诉我。"

张秀才在叶简家坐了不一会儿，青龙寺派来一个小和尚说："方丈叫我前来贺喜。"秀才忙问："喜在哪里？"小和尚便递上一个包。张秀才迫不及待地解开，只见里面放着一弯竹弓和一支系着一根红丝带的箭，张秀才一时倒被懵住了，他困惑地看看小和尚，又看看叶简说："这算什么喜事？"

叶简接过弓箭一看，便大声说："恭喜先生 状元及第！"并解释道："你看，竹字是'第'字的头，弓字是'第'字的身，箭恰如'第'字中的一竖，那根红丝带不就是'第'字下面的一撇吗？"

谜诗解字谜

宋代的范仲淹幼时勤奋好学，因家贫到醴泉寺借读。他在那里勤奋读书，不知不觉间，范仲淹在醴泉寺已度过三个春秋。一天傍晚，他和醴泉寺的住持，伴着夕阳的余辉，到翠竹苍苍、奇石罗列的后花园散步。住持望着眼前的美景，给范仲淹出了一个字谜："竹林高高留僧处。"范仲淹笑着说："那我用一首诗来解这个字谜吧。"说罢，范仲淹吟到："竹下一寺院，天天把人盼，久候人不来，空把香火燃。"住持听后，频频点头。

原来，这字谜和谜诗说的都是"等"字，你猜出来了吗？

画中藏谜底

北宋黄庭坚从小就非常有才华。七岁就作诗："骑牛远远过前村，短笛横吹隔陇闻。多少长安名利客，机关用尽不如君。"

他名满天下，被誉为神童，诗文书法均非常出色，深得苏东坡的赏识，成为"苏门四学士"之一，诗书与苏东坡齐名，人称"苏黄"。

一次，他由家乡修水来到江州，江州的才子们久慕其名，便约他同舟泛游长江。水光天色，烟波浩渺，景色宜人。

一个才子向黄庭坚作揖，说道："学生偶得两句，向先生请教。"说罢吟道：

远树两行山倒映，

轻舟一叶水横流。

另一江州诗人接着说："句中有谜，请先生赐教。"

黄庭坚笑而不答，请人拿来笔墨纸张开始作画。

tā xiān zài zhǐ de shàngfāng huì chū liǎng zhū yuǎn shù   yòu zài shù xià gōu lè yí gè wāi
他先在纸的上方绘出两株远树，又在树下勾勒一个歪

dǎo de shān   rán hòu zài xià miàn huà le yí yè piān zhōu   yòu héng zhe diǎn le sān diǎn shuǐ ér wéi
倒的山，然后在下面画了一叶扁舟，又横着点了三点水而为

xīn
"心"。

zhè yàng   yì fú jué miào de dàn mò shān shuǐ huà yuè rán zhǐ shàng   yuǎn shān   xiù shù
这样，一幅绝妙的淡墨山水画跃然纸上，远山、秀树、

piān zhōu   liú shuǐ   yí gè xiù lì fēng yǎ de   huì   zì dào chū le mí dǐ   zhòng rén kàn
扁舟、流水，一个秀丽丰雅的"慧"字道出了谜底。众人看

hòu bù jīn pāi shǒu jiào jué
后不禁拍手叫绝。

"做"与"作"

什么工作都有名字，所以"作"常用在各种名字中，比如"作文，作家，作业"等；古代的人最反对先进的科学技术，对新出现的文化常常持反对态度，他们最喜欢手工的东西，因为那时还没有各种各样的机器，简单地说，就是"古代人反对新出现的文化，喜欢手工的东西"，因此，我们可以把做东西的"做"简称"人古反文"，后来做什么事或做什么东西都用"做"。

参考答案

运用减字法解字谜

01. 步。"正"少"一",为"止"。"止""少"相加,为"步"。

02. 二。"夫"字去掉"人"字,为"二"。

03. 白。"一"字没有了,"百"字也就不存在了。

04. 交。"咬"去掉"口"。

05. 人。"天"无"二",为"人"。"合"去"一""口",为"人"。

06. 白。"九十九",也就是比"百"少"一"。

07. 立。"位"去掉"亻",就是"立"。

08. 一。"人"加上"一",就是"大"。

09. 言。"信"去掉"亻",就是"言"。

10. 田。"雷"去掉"雨",就是"田"。

11. 卜。"中"去掉"口"为"丨","丨"加"、",就是"卜"。

12. 二。"夫"去掉"人",为"二"。

13. 受。"爱"去掉"一""丿",就是"受"。

14. 仙。"出"的一半,为"山"。"何"去掉"可",就是"亻"。

15. 共。"其"中的两个"一"去掉,就是"共"。

16. 心。"头"就是"上"的意思,去掉"念"上面的"今",剩下了"心"。

17. 肯。"正"去掉"一",再加上"一",为"背"。

18. 士。"士""心"相加,为"志"。

19. 合。"合"去掉"一""人",为"口"。"合"去掉"一""口",为"人"。

20. 窍。"根"在字谜游戏中常被理解为"下面"的意思。"穷"去掉下面的"力",为"穴"。"穴""巧"相加,为"窍"。

21. 昂。"明月当空",就是说"明"去掉"月",也就是"日"。"仰"去掉"亻"剩下的部分,加上"日",就是"昂"。

22. 弋。"代"去掉"亻",为"弋"。

23. 昆。"残花",就是"匕"。"片片"指两个"匕"。"香"的一部分为"日"。"匕""匕""日"相加,为"昆"。

24. 十。"早"去掉"日",为"十"。

25. 息。"身"的一部分为"自","自"加"心"为"息"。

26. 古。"头"在字谜游戏中常理解为上面的意思,"舌"的上面是"丿","舌"去掉"丿"为"古"。

27. 奇。"顿失滔滔"可理解为去掉"氵"。"河"去掉"氵"为"可"。"可""大"相加,就是"奇"。

28. 你。"放"可以理解为去掉的意思。"您"去掉"心",为"你"。

29. 李。"宋""字"都去掉"宀",剩下了"木""子"。

30. 共。"拱"去掉"扌",就是"共"。

31. 乍。"昨"去掉"日"应为"乍"。

32. 少。"走"在字谜游戏中有时理解为"去掉"的意思。"沙"去掉"氵",就是"少"。

33. 乖。"不备"可以理解为"没有"。"乘"去掉"人"为"乖"。

34. 合。"拿"去掉"手",就是"合"。

35. 直。"人"像"八"。"真"去掉"八"为"直"。

36. 早。"飞"在字谜游戏中常理解为"去掉"的意思。"草"上面的"艹"去掉,剩下了"早"。

37. 早。"草"去掉上面的,不去下面的,就是"早"。

38. 军。"告别"就是"没有"的意思,"挥"去掉"扌",剩下"军"。

39. 田。"雷"去掉"雨"为"田"。

40. 门。"闻"去掉"耳"为"门"。

41. 更。"便"去掉"亻"为"更"。

42. 男。"断"在字谜游戏中有时理解为"去掉"的意思。"果"去掉"木"为"田"。"田"和"力"相加,就是"男"。

四 运用半字法解字谜

字谜库④

01

jiē yí bàn　　duàn yí bàn
接一半，断一半；
jiē qǐ lái　　hái shì duàn
接起来，还是断。

02

bàn yǎn cūn qiáo bàn yǎn xī
半掩村桥半掩溪

03

chǎnliàngchāo bàn
产量超半

04

bàn jià chū shòu
半价出售

05

yào yí bàn, rēng yí bàn
要一半，扔一半。

06

bàn zuò bàn xī

半作半息

07

bàn dǎo tǐ guǎn

半导体管

bàn tuī bàn jiù

半推半就

08

09

bǐ cǐ gè yǒu yí bàn

彼此各有一半

10

gěi yí bàn liú yí bàn

给一半，留一半。

11

bàn gè yuè liang

半个月亮

12

bàn zhēn bàn jiǎ

半真半假

13

bàn tuī bàn qiāo

半推半敲

14

duō yí bàn

多一半

15

duō chū yí bàn

多出一半

16
nǐ yí bàn wǒ yí bàn
你一半，我一半。

17
bàn tú
半途

18
duó qù yí bàn
夺去一半，
guò shèng yí bàn
过剩一半。

19
jiā jìn láo dòng
加劲劳动，
gè gè yǒu fèn
个个有份。

20

yì bàn méi yǒu
一半没有

21

yī bàn shì tā
一半是它

22

zhì chéng yí bàn
制成一半

23

bàn gēng bàn dú
半耕半读

24

bàn qióng bàn fù
半穷半富

25

bàn shēn bàn suō
半伸半缩

26

bàn tǒng guǒ jiǔ
半桶果酒

27

èr duō yí bàn
二多一半

28
bàn diǎn bàn huà
半点半划

bàn yìng bàn ruǎn
半硬半软
29

30
biān zhěng biān gǎi
边整边改

31
bàn jì bàn wàng
半记半忘

32

suān tián gè bàn

酸甜各半

33

xiào liǎn bàn lòu

笑脸半露

34

cāi zháo yí bàn

猜着一半

35

méi huā bàn diāo

梅花半凋

36

bàn féi bàn shòu

半肥半瘦

妙语尝狗肉
miào yǔ cháng gǒu ròu

宋朝的大词人苏东坡和和尚佛印是很好的朋友。一天，苏东坡去金山寺看望佛印和尚，还没有走进禅房，他就闻到了酒肉的香味。

原来，佛印不戒酒肉，性情豪放，诙谐幽默。在苏东坡来之前，正好炖了一锅狗肉，边喝酒边吃肉。正吃得起劲，听到苏东坡来了，连忙把酒肉藏了起来。

苏东坡早就看清楚了，决定和佛印开个玩笑："我今天写了一首诗，有两个字一时想不起来是怎样写的，所以特来请大师指点。"佛印说："哦？好啊！是哪两个字？"东坡说："一个是'犬'字，一个是'吠'字。"佛印哈哈大笑说："小僧以为是什么疑难字，这个'犬'字的写法是'一人一点'嘛！"东坡又问："那么'吠'字呢？"佛印回答道："犬字旁边加个'口'就是'吠'了！"

苏东坡说："既然如此，那你快把藏起来的酒与肉端出来，一人一点，加上我这一口来吃吧！"两个朋友不由相视而笑。

zhōng xīn de shì wèi
衷心的侍卫

相传清朝皇帝康熙下江南，一天他来到了苏州郊外，
看着眼前美景，突然问身边的侍卫说："朕如果遇到危险，
你怎么护卫朕？"侍卫说："我要'点点成金，打断念头，'
保护皇上。"康熙高兴地说："你对朕真是忠心耿耿啊！"

侍卫说了"点点成金，打断念头"，使康熙那么高兴，
为什么呢？原来，"点点成金"，就是"全"；"打断念头"，
就是"心"。侍卫要"全心保护皇上"，康熙怎么能不高兴呢？

苏东坡巧猜半句谜

苏东坡和袁公济是同科出身的好朋友。有一年，他们同在杭州做官，袁公济深知苏东坡是个全才，对联、猜谜也都是一把好手，一般的谜是难不倒他的。

有一次，他们在外踏雪赏景，这时路上的积雪已有一寸多厚了，袁公济便说道："我有一谜，想请教，不知你能猜得出吗？"苏东坡一听便说："赏雪猜谜，也是一件雅事，请出谜面。"

袁公济说："雪径人踪灭，打半句七言唐诗。"

苏东坡一听，不觉暗暗吃惊，心想，天下猜谜哪有猜半句诗的道理，而且半句是七言诗，三个字还是四个字呢？也许都不是，而是七个字的一半（纵剖），或三个半字。尽管自己熟读唐诗，此时却无从下手。这时，他俩一路向龙泓寺走去，突然，路旁的树林中飞出了一群小鸟，排成了一线向着远天飞去。苏东坡不觉心里一亮，再仔细一想，含笑点头，心里暗暗称赞袁公济的半句诗谜做得巧。但是，他却不想马上把谜底说穿，也想趁此机会难一难袁公济，便指着远远飞去的鸟对袁公济说："公济，你看天上的景色，我现在也请你猜个谜，谜面就是'雀飞入高空'，也打半句七言唐诗。"

袁公济一时还没有理出头绪，反而被弄懵了。苏东坡又说道："你猜出了我的谜，我也就猜出了你的谜了。"过了一会儿，苏东坡便俯下身子，在雪地上竖直写了一句七言唐诗：一行白鹭上青天，并在"鹭"字的中间拦腰一画，然后说："你的谜底是上半句——一行白路；我的谜底是下半句——鸟上青天。"

袁公济听后，拍手大赞说："子瞻，我明白了，明白了，你真是天下第一奇才，佩服，佩服！"

参考答案

运用半字法解字谜

01. 折。"接"的一半是"扌"。"断"的一半是"斤"。

02. 淋。"村""桥"去掉一半,剩下"木""木"。"溪"的一半为"氵"。

03. 韶。"产"去掉一部分,剩下"立"。"量"去掉一部分,剩下"日"。"超"去掉一部分,剩下"召"。

04. 催。"价"的一半是"介"。"出"的一半是"山"。"隹"的一半是"佳"。

05. 奶。"要"的一半是"女"。"扔"的一半是"乃"。

06. 怎。"作"的一半是"乍"。"息"的一半是"心"。

07. 符。"导"的一半是"寸"。"体"的一半是"亻"。"管"的一半是"竹"。

08 掠。"推"的一半是"扌"。"就"的一半是"京"。

09. 跛。"彼"的一半是"皮"。"此"的一半是"止"。"各"的一半是"口"。

10. 细。"给"的一半是"纟"。"留"的一半是"田"。

11. 胖。"半""月"相加为"胖"。

12. 值。"真"的一部分为"直"。"假"的一部分为"亻"。

13. 搞。"推"的一部分为"扌"。"敲"的一部分为"高"。

14. 夕。"多"的一半"为夕"。

15. 岁。"多"的一半为"夕"。"出"的一半为"山"。

16. 伐。"你"的一半为"亻"。"我"的一半为"戈"。

17. 余。"途"的一半为"余"。

18. 过。"夺"的一半是"寸"。"过"的一半是"辶"。

19. 力。"加""劲""劳""动"中都有"力"。

20. 股。"没"的一部分为"殳""有"的一部分为"月"。

21. 定。"它"的一半是"宀"。"宀"加上"是"的下半部分,为"定"。

22. 划。"制"的一半为"刂"。"成"的一半为"戈"。

23. 讲。"耕"的一半为"井"。"读"的一半为"讠"。

24. 男。"穷"的一半为"力"。"富"的一半为"田"。

25. 绅。"伸"的一半为"申"。"缩"的一半为"纟"。

26. 淋。"桶"的一半为"木"。"果"的一半为"木"。"酒"的一半为"氵"。

27. 歹。"二"的一半为"一"。"多"的一半为"夕"。

28. 战。"点"的一半为"占"。"划"的一半为"戈"。

29. 砍。"硬"的一半为"石"。"软"的一半为"欠"。

30. 政。"整"的一边为"正"。"改"的一边为"攵"。

31. 忌。"记"的一半为"己"。"忘"的一半为"心"。

32. 醋。"酸"的一半为"酉"。"甜"的一半为"甘"。

33. 签。"笑"的一半为"竹"。"脸"的一半为"佥"。

34. 睛。"猜"的一半为"青"。"着"的一半为"目"。

35. 莓。"梅"的一半为"每"。"花"的一半为"艹"。

36. 疤。"肥"的一半为"巴"。"瘦"的一半为"疒"。

五 运用象形法解字谜

字谜库⑤

01

yuǎn shù liǎng háng shān dào yǐng
远树两行山倒影，

qīng zhōu yí yè shuǐ píng liú
轻舟一叶水平流。

02

yì wān xié yuè yìng sān xīng
一弯斜月映三星

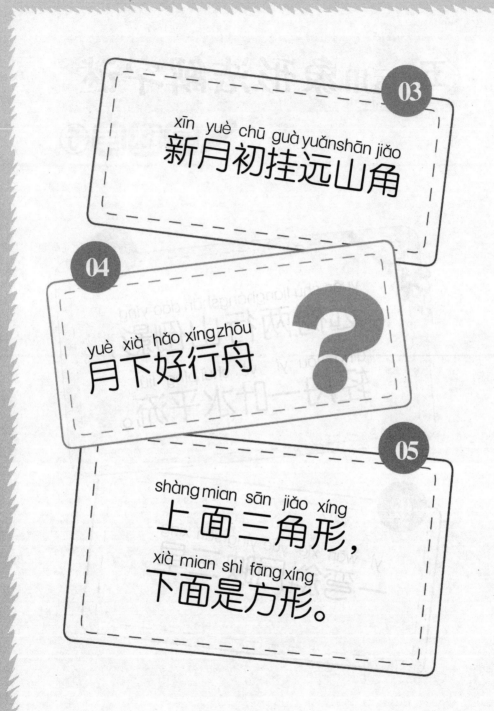

03

xīn yuè chū guà yuǎn shān jiǎo
新月初挂远山角

04

yuè xià hǎo xíng zhōu
月下好行舟

05

shàng mian sān jiǎo xíng
上面三角形，
xià mian shì fāng xíng
下面是方形。

06

píng dì gài qǐ lóu sān céng

平地盖起楼三层

07

cūn tóu qiáo biān liǔ zhī xié

村头桥边柳枝斜

08

rú jiàn zài xián

如箭在弦

09

sì gè kāi jiān sì gè chuāng

四个开间四个窗

10

shí bā xiāng sòng dào cǎo qiáo

十八相送到草桥

11

tiān shàng shuāng yàn fēi
天上 双雁飞

12

yì rén tiāo liǎng xiǎo rén
一人挑两小人

13

dāo chū qiào
刀出鞘

14

shù shàng de niǎo er chéng shuāng duì
树上的鸟儿成 双 对

15

fāng kuài
方块 3

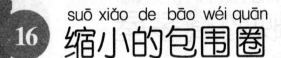

16
suō xiǎo de bāo wéi quān
缩小的包围圈

17
shì rú pò zhú
势如破竹

18
zhú luò fāng sān yè
竹落方三叶，
yuè xié qià bàn lín
月斜恰半林。

19
dōng xī nán běi sì jiān fáng
东西南北四间房，
sān kē shū xīng yuè yì gōu
三颗疏星月一钩。

20

yǎn yìng zhú lí máo wū

掩映竹篱茅屋

21

hú dié liàn huā qián

蝴蝶恋花前

22

rì jiǎo xià dì píng

日脚下地平

23

chéng tóu yuè

城头月

24

bèi guān láo fángzhōng

被关牢房中

25

lǎo dà cǎi lǎo èr
老大踩老二,

xiǎo de zài xià biān
小的在下边。

26

cǎo xià yóu lái yì zhī é
草下游来一只鹅

27

yí gè rén dài zhe cǎo mào
一个人带着草帽,

zhàn zài mù tóu shàng
站在木头上。

28

yí zì shēng de qiǎo sì
一字生的巧,四

miàn bā zhī jiǎo
面八只脚。

29

yì gēn mù gùn　diào fāng xiāng
一根木棍，吊方箱，
yì bǎ tī zi　dā zhōngyāng
一把梯子，搭中央。

rén nán miǎn yǒu diǎn cuò wù
人难免有点错误
30

31
yí jiàn shè rù shuānghuán xīn
一箭射入 双 环心

32
hé biān yì qīng tíng
河边一蜻蜓

33

yè bàn xiāo shēng zhì huà fǎng

夜半箫声至画舫

34

yàn zhèn chéng háng

雁阵成行

35

yǔ hòu shān sè hún rú shuì

雨后山色浑如睡

36

yí cuò zài cuò chéng dà cuò

一错再错，成大错。

37

liǎng zhāng zuǐ xià yì tiáo gǒu

两张嘴下一条狗

38

liǎng rén hé zuò yì zhāngdèng
两人合坐一张凳

39

tóu bǐ cóngróng
投笔从戎

40

shèng shuǐ cán shānshuāng jiàn héng
剩水残山双剑横

41

sān kē huáng dòu diào guō wài
三颗黄豆掉锅外

42

qiú pènghéngliáng
球碰横梁

43

dōng hǎi yǒu yú　　wú tóu wú wěi
东海有鱼，无头无尾，

diū le jǐ liáng　　yí qù dào dǐ
丢了脊梁，一去到底。

44

yì rén xì cháng
一人细长，

wān gōng yāo
弯弓腰

lǐ cáng　　fù nǚ shēn páng zhàn
里藏，妇女身旁站，

mú yàng xiàng qīn niáng
模样像亲娘。

45

biàn chòng tiān　　fà liǎng biān
辫冲天，发两边，

jiǎo pán tuǐ　　shǒu duān yān
脚盘腿，手端烟。

46

qiáng wài shuǐ yángyáng shuǐ cóng
墙外水洋洋，水从
zuǒ biān lái chōng qù yòu biān
左边来，冲去右边。

47

yì diǎn yì héngcháng shù piě
一点一横长，竖撇
xiàng wū qiáng sān zhī xiǎo yàn
像屋墙。三只小燕
zi fēi lái wò liángshàng
子，飞来卧梁上。

冯梦龙巧戏算命先生

冯梦龙，明代文学家、戏曲家。他最有名的作品为《古今小说》（《喻世明言》）、《警世通言》、《醒世恒言》，合称"三言"。"三言"与凌濛初的《初刻拍案惊奇》、《二刻拍案惊奇》合称"三言二拍"，是中国白话短篇小说的经典代表。

不仅如此，冯梦龙还以其对小说、戏曲、民歌、笑话等通俗文学的创作、搜集、整理、编辑，为我国文学做出了重大的贡献。

明朝崇祯年间，冯梦龙任福建寿宁知县。他为官清廉，关心民生，被当地百姓称为清官。

有一天，冯梦龙决定深入百姓生活，体察一下民情，于是他化装成普通老百姓的样子，在县城里来回转着。

他走着走着，看见街口围着一群人，走近一看，原来是一个自称张半仙的算命先生正在算命，骗人钱财。

冯梦龙决定教训一下这个骗钱的人，于是说："你自称半仙，看来一定很灵。我有四句诗谜念给你听，你猜猜看是什么字，怎么样？"这个张半仙抬头看看冯梦龙，见他衣着普通，认为这个人不见得有何本事，便仗着自己懂点文墨，大着胆子说："好啊！请出谜。让你见识见识我张半仙的本事！"

冯梦龙听后微微一笑，便吟道："上无半片泥瓦，下无立锥之地。腰间挂着葫芦，满口阴阳怪气！"

张半仙一听，顿时支支吾吾，收起卦摊溜了。冯梦龙的诗谜说的是个什么字呢？原来是个惟妙惟肖的"卜"字。就这样，冯梦龙通过一个字谜把骗人钱财的算命先生奚落了一番。

农夫、渔夫与书生

在一个村子里住着几户人家。其中有一农夫、一渔夫，他们的邻居是俩读书人。闲暇之时，他们四个人总在一起聊天。

一天四人又恰巧碰到一起了。两书生就想为难为难农夫和渔夫，其中一个说："今天咱们猜字谜好不好？"农夫说："我们两个可不如你们俩，认识不了几个字，你们可不许出过难的题啊。"

书生甲说："好！"接着说了一个字谜："一弯新月傍三星。"乙书生接道："轻舟一叶浪花溅。"农夫说："你们两个出口成章，吟诗作词，那我就来个粗俗点的吧——'铁锅炒黄豆，一粒在里，两粒在外。'"

渔夫听罢，说："三句不离老本行，那我就说说我常能见到的情景吧——'竹篮兜小虾，兜一只，跳出俩。'"

渔夫说完后，四个人都开心地笑了，原来他们说的都是一个字——"心"。

参考答案

运用象形法解字谜

01. 慧。"轻舟一叶水平流"是个"心"字,"远树两行"则是并列的两个"丰"字,再加上放倒了的"山"字,应是"慧"。

02. 心。"三星"为"心"的三个"、"。"心"除去三个"、",剩下的部分像"一弯斜月"。

03. 么。"丿"像一弯新月。

04. 乏。"丿"像一弯新月,"之"像一只船。

05. 台。"台"的上半部像"三角形"。"台"的下半部像"方形"。

06. 且。"且"字下面的"—"像是"平地"。

07. 彬。村头桥也为"林""彡"像是"柳枝斜"。

08. 引。"丨"在"弓"旁,像是在拉弓。

09. 噩。四个"口"像四个窗户。"王"像是四个"开间"。

10. 荣。"荣"中间的"冖"像"桥"。"十八"就是"木"。"草"就是"艹"。

11. 丛。"人"像燕子。"＿"为"天"。

12. 夹 。两个"、"为"两小人"。"夹"去除两"、"，剩下的部分像是一个人挑东西。

13. 力。"刀"上面出一点头，正好就是"刀出鞘"。

14. 米。"树"即"木"，"、"像小鸟。

15. 品。三个"方块"为三个"口"。

16. 回。一大一小两个"口"套在一起，像"包围圈"。

17. 不。"不"上面的"一"像是一把刀。"不"下面的"个"像一棵竹子。

18. 彩。"采"的上半部在字谜游戏中常被象形为斜月。"半林"即"木"。"三叶"即"彡"。

19. 思。三颗"星"为"心"的三个"、"。"东西南北四间房"就是"田"。

20. 篇。"竹篱"就是"竹"。"茅屋"也就是"户"。"篇"最下面的部分像栅栏。

21. 弈。"亦"像蝴蝶。"弈"下面的部分像"花"。

22. 且。"且"下面的"＿"像是地平线。然后再把"日"的"脚"加长。

23. 骨。"骨"上半部分像是城头的碉堡。

24. 囚。"口"像一个"牢房"。

25. 奈。"老大"就是"大","老二"就是"二",再加上"水",就是"奈"

26. 艺。"乙"像一只在水中游动的鹅。

27. 茶。"艹"在"人"上,"人"在"木"上。

28. 井。"井"四面共有"八只脚"。

29. 面。"面"上面的"一"像是"一根木棍"。"面"中间的部分像"一把梯子"。

30. 仪。"错误"就是"✗"。"有点错误"就是"义"。

31. 患。"一箭射入双环"为"串"。

32. 汗。"干"像蜻蜓。"河边"即"氵"。

33. 这。人吹箫,就像"文"。"画舫"就是"辶"。

34. 一。"一"非常形象地表现出"雁阵成行"。

35. 雪。"山睡",就是"雪"下面的部分。

36. 爽。"错"为"乂"。

37. 哭。"狗"就是"犬"。

38. 丛。"——"像是一条长凳。

39. 戎。"戎"比"戎"多了"丨",这"丨"就像一支笔。

40. 汹。"凶"像两把剑在空山里。"剩水"即"氵"。

41. 心。"心"的三个"、",像三颗黄豆。

42. 门。"门"中的"、",像是足球。

43. 旧。"鱼"去掉了"头""尾",剩下"田"。"脊梁"为"丨"。

44. 姨。"一人细长,弯弓腰里藏"即"夷"。

45. 安。前两句为"宀","发两边"就是"宀"的一直一勾。后两句为"女"字,"女"下边的两笔交叉为"脚盘腿",上边的一横为"手端烟"。

46. 汇。一个"墙"是"囗"。"囗"去掉右边,剩下的部分就是"汇"的右半边。

47. 应。"梁"就是"——"。三个"、"就像三只小燕子。

六 运用方位法解字谜

字谜库⑥

01

tǔ shàng yǒu zhú lín
土上有竹林，
tǔ xià yí cùn jīn
土下一寸金。

02

shǎn xī shěng   xī ān rén
陕西省，西安人。

03

tài yáng xī biān xià
太阳西边下，
yuè er dōng biān guà
月儿东边挂。

04

wǔ kǒu zhī jiā
五口之家，
wài zhǒng yí shù
外种一树。

05

zǒu zài shàng biān
走在上边，
zuò zài xià biān
坐在下边，
duī zài zuǒ biān
堆在左边，
guà zài yòu biān
挂在右边。

06

tián biān

田边

07

hú zhōng

湖中

08

xī běi wàng

西北望

09

cūn qián zhuāng hòu

村前庄后

10

yì zhōng rén

意中人

11

xiān shàng hòu xià

先上后下

12

rén zài shān xī zhù yì shēng

人在山西住一生

13

dōng lín yǔ xī shī

东邻与西施

14

bān qián bān hòu bì dìng zài

班前班后必定在

15

qiū shōu zhī hòu lǒng xià xíng

秋收之后垄下行

16
qiě qǐng fàng xīn lái yún nán
且请放心来云南

17
yuánzhōu
圆周

sì miàn dōu shì shān
四面都是山，
shānshān jiē xiāng lián
山山皆相连。
18

19
shū shu de yǎn jing zhǎng
叔叔的眼睛长
de piān xià le diǎn er
得偏下了点儿

jǐ dù yòu dào xī ōu lái
几度又到西欧来

20

21

rén dào shǎn xī lái xún gēn
人到陕西来寻根

22

yōu xiān shàng gǎng
优先上岗

23

yǎn chū qián hòu
演出前后

tài yáng guà zài shù dǐng shàng
太阳挂在树顶上

24

25

yì zhī dà niǎo tíng zài
一只大鸟停在
yí zuò xiǎo shān shàng
一座小山上

26

tián zhōng
田中

27

yì rén zhù zài shān páng biān
一人住在山旁边，
cóng lái méi yǒu jiàn guò miàn
从来没有见过面。

28

shàng rèn zhī qián
上任之前，
luò bǎng zhī hòu
落榜之后。

29
yì biān rèn yòu ruǎn yì
一边韧又软，一
biān yìng yòu gāng ruǎn de kě
边硬又刚，软的可
zuò xié yìng de hǎo gài fáng
做鞋，硬的好盖房。

fǔ tóu
斧头
30

31
kǒng què dōng nán fēi
孔雀东南飞

32
wú tóu chǔ wěi
吴头楚尾

33 biān dǎ biān tán
边打边谈

34 xún gēn zhuī dǐ
寻根追底

35 huáng hūn qián hòu
黄昏前后

36 zhòngshǎng zhī xià
重赏之下

37 fèng tóu hǔ wěi
凤头虎尾

绝句诗字谜

一天，苏东坡到妹夫家走亲戚。妹夫秦少游忙命人做了一桌子好菜，款待苏东坡。

酒菜都端上了桌，大家举杯庆祝，秦少游随口吟出一首绝句诗："我有一物生得巧，半边鳞甲半边毛，半边离水难活命，半边入水命难保。"

苏东坡一杯酒下肚，顿时才思泉涌："妹夫是用绝句诗来给我出了个谜啊！那我就对一个字谜诗吧：我有一物分两旁，一边好吃一边香，一边上山吃青草，一边入海把身藏。"

苏东坡的妹妹苏小妹是个大才女，也不甘示弱，脱口而出："我有一物生得奇，半身生双翅，半身长四蹄。长蹄跑不快，长翅飞不起。"

吟罢，三人举杯一饮而尽。

原来，他们三人说的都是同一个字——鲜。你猜到了吗？

石头指路

shí tou zhǐ lù

16岁的穷书生解缙，考中全县头名秀才以后的第二年，满载父老乡亲的重托，自己挑着书箱，翻山涉溪，去省府南昌城参加选拔举人的乡试。

这天，解缙来到一处三岔路口，不知哪条路通往南昌城，心中十分焦急。正巧，有一位牧童骑着水牛，横吹短笛，缓缓而来。解缙连忙放下肩上的书箱担子，迎上前施了个拱手礼，然后问："请问这位小弟弟，上南昌城该走哪条路？"那牧童见这位书生哥哥非常懂礼貌，心里很高兴，心想："不知他学问如何，待我试一试！"于是，翻身下牛，不声不响地走到一块大石头的后面，伸了伸头。

聪明的解缙一看，心领神会，连声说："谢谢小弟指路之恩！"说罢又深施一礼，然后重新挑起书箱，朝牧童"指"的方向走去。

原来，"石"字伸出头，就是"右"字。小牧童告诉解缙该走右边的路。

挥笔批文章
huī bǐ pī wén zhāng

北宋大文学家苏东坡出任杭州知府时，一些文人雅士闻风而集，吟诗作赋，非常活跃。当地有一个自命不凡的读书人叫白文秀，此人文理不通，白字连篇，却喜爱卖弄文才。一天，白文秀东拼西凑总算写成了一篇文章，甚为得意，便送给苏东坡过目，说道："此乃拙作，望老师批点。"东坡接过文章，只见标题是《读过泰论》，半日不解，良久才悟，便大笑道："当年秦朝发生灾害，大水淹了庄稼，难怪，难怪！"（意为"秦"字下的"禾"被"水"淹掉，成了"泰"字。）

　　苏东坡看毕，一言不发地交还给他。白文秀心想，好歹也要请他写几句，日后也可以炫耀一番，就央求说："老师，当今天下识才者少，忌才者多，一篇好文章没有名人推麓，就好比一张废纸。请老师多少美言几句。"

　　一听白文秀把"推荐"读成"推麓"，苏东坡觉得又气又好笑，于是鄙夷地看了他一眼，挥笔在文稿上批了九个字：此文有高山滚鼓之妙！

白文秀喜不自胜，连连说："劳驾，劳驾！"他又把"劳驾"说成了"劳骂"，兴冲冲取了文稿就走。从此他拿了苏东坡的批字到处吹嘘。一些吹牛拍马的人见了随声附和，而有真才实学的人见了则暗暗好笑。一个调皮的秀才忍不住点穿道："这是什么批字？这是苏东坡在给你出谜呢？"

"出谜？什么谜？"白文秀呆住了。

"你倒想一想，高山滚鼓有什么妙啊？你听一听高山上滚鼓是什么声音？"

"噗通——噗通，不通——不通！"

周围的秀才顿时都哈哈笑出声来，"真是高山滚鼓之妙——不通，不通！哈哈哈！"白文秀羞得满脸通红，掩起文稿拔腿就逃。

参考答案

运用方位法解字谜

01. 等。"竹林"为"竹""竹""土""寸"相加,就是"等"。

02. 侠。"省"就是"去掉"。"陕"字西边的部分去掉,剩下"夹"。"安"就是加上的意思。在"夹"的西边安上"人",就是"侠"。

03. 明。"太阳"就是"日"。"月儿"就是"月"。

04. 梧。"五口"就是"吾"。"外种一树"就是"木"。

05. 土。"走"字的"上边"、"坐"字的"下边"、"堆"字的"左边"、"挂"字的"右边",都是"土"字。

06. 口。"田"的边为"口"。

07. 古。"湖"中间是"古"。

08. 亡。"望"的西北方向为"亡"。

09. 杜。"村前"是"木"。"庄后"是"土"。

10. 因。"意"中间就是"日"。"日"中加"人",就是"因"。

11. 告。"先"的"上"半部分,"后"的"下"

半部分,合起来就是"告"。

12. 催。"人在山西"就是"仙"。"住""一"两字加起来,就是"催"的下部分。

13. 防。"邻"的东边部分加上"施"的西边部分,就是"防"。

14. 瑟。"班前班后"是两个"王"。

15. 灶。"秋"的"后"面是"火"。"垄"的"下"面是"土"。

16. 悬。"南"边,也就是下边。"且"、"心"和"云"的下面,加起来就是"悬"。

17. 口。"圆"的外边,就是"口"。

18. 田。四个"山"相连,就是"田"。

19. 督。"眼睛"就是"目"。"目"在"叔"的下面,就是"督"。

20. 殴。"欧"的西边就是"区"。"几""又""区"相加,就是"殴"。

21. 附。"根"也就是"下面"的意思,"寻"的下面为"寸"。

22. 仙。"优"的前面为"亻"。"岗"的上面为"山"。

23. 汕。"演"的"前"面为"氵","出"的"后"面为"山"。

24. 果。"树顶"就是"木"。"太阳"就是"日"。

25. 岛。"鸟"字在"山"的上面。

26. 十。"田"中间是"十"。

27. 仙。"亻""山"两字相加即为"仙"。

28. 傍。"任"的"前"面为"亻","榜"的"后"面为"旁"。

29. 破。谜底系由两字组成,其含义又各具特色。前两句交待的一"软"一"硬",首先为我们猜谜划定了大范围。第三句"软的可做鞋"暗示了个"皮"字,末句"硬的好盖房"暗示了个"石"字,二者合成谜底"破"。

30. 父。"斧"的上面是"父"。

31. 孙。"孔"去掉东边的部分,"雀"去掉南边的部分,合起来就是"孙"。

32. 足。"吴"字的"头"部为"口","楚"字的"尾"部为"疋"。

33. 订。"打"的一边为"丁"。"谈"的一边为"讠"。

34. 过。"寻"的根部为"寸"。"追"的底部为"辶"。

35. 昔。"黄"的"前"面是"艹","昏"的"后"面是"日"。

36. 坝。"重"的"下"面为"土"。"赏"的"下"面为"贝"。

37. 几。"凤"的"头"就是"几"。"虎"的"尾"也是"几"。

七 运用拆字法解字谜

字谜库 ⑦

01

qù le shàng bàn jié　　　yǒu le xià
去了上半截，有了下
bàn jié　　　　bǐ chéng liǎng bàn jié
半截，比成两半截。

02

kàn kan xīn li píng
看看心里平，
qí shí tiào bù tíng
其实跳不停。

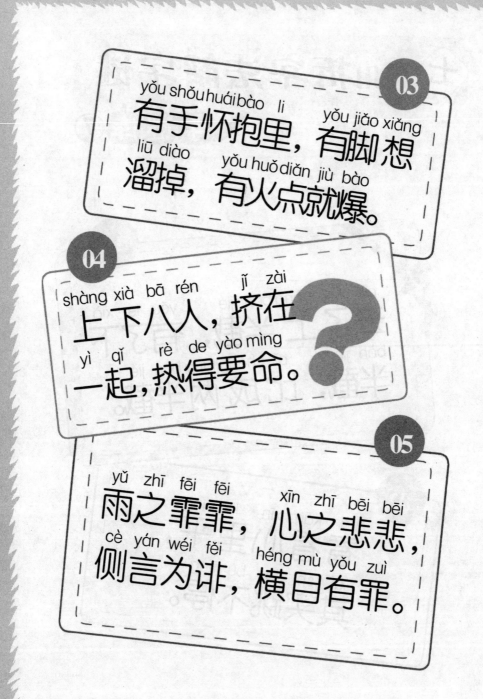

03

yǒu shǒu huái bào li yǒu jiǎo xiǎng
有手怀抱里，有脚想
liū diào yǒu huǒ diǎn jiù bào
溜掉，有火点就爆。

04

shàng xià bā rén jǐ zài
上下八人，挤在
yì qǐ rè de yào mìng
一起，热得要命。

05

yǔ zhī fēi fēi xīn zhī bēi bēi
雨之霏霏，心之悲悲，
cè yán wéi fěi héng mù yǒu zuì
侧言为诽，横目有罪。

06

liǎng rén yào qù zhēng dì sān

两人要去争第三

07

yǒu mù gòng dǔ

有目共睹

08

míng rì wài chū

明日外出

09

gè yǒu fēng gé

各有风格

10

shì yǒu tí gāo

是有提高

11

zuò dìng zuǒ yòu wú rén

坐定左右无人

12

chūn qiū pèi

春秋配

13

yáng lí qún

羊离群

14

jiǎngkōng huà

讲空话

15

jié yuē yòng bù

节约用布

16 qiǎo duàn qí àn
巧断奇案

17 zuì hòu zǒu
最后走

wǒ méi yǒu tā yǒu
我没有他有，
tiān méi yǒu dì yǒu
天没有地有。
18

19 yì yào shàng biān zhǐ yào
亦要上边，只要
shàng biān bú yào xià biān
上边，不要下边。

jiǎn dāo chā
剪刀差

20

21
zhí shù jié
植树节

22
shí zì jiē tóu
十字街头

23
mù ǒu yǐng piàn
木偶影片

cán qiū fēng zhōng qù
残秋风中去，

24

jǐ dù àn xiāng lái
几度暗香来。

25
míng yuè luò jiē qián
明月落阶前

26
bǎo yù chū zǒu yǒu yóu lái
宝玉出走有由来

27
xià de shàng biān
下的上边，
shàng de xià biān
上的下边。

28
cǐ yán zhèng hǎo chéng yī jù
此言正好成依据

29 gāo yé ye de tóu lǐ 高爷爷的头，李爷爷的脚，郑爷爷的耳。

shǎo diǎn liáng xīn chéng jī yuàn 少点良心成积怨 **30**

31 dù juān bù míng àn wú shēng 杜鹃不鸣暗无声

32 chóng yáng chóng jiǔ liǎng nán fēn 重阳重九两难分

33

zǒu sì fāng

走四方

34

hàn shuǐ huī sǎ

汗水挥洒

35

yì zhī bàn xiǎo

一知半晓

36

yóu zǐ fāng lí mǔ qiān guà

游子方离母牵挂

37

yán bù chéng diào wéi xīn suì

言不成调惟心碎

38

sēng rén qù jìn sì bàn cán
僧人去尽寺半残

39

bú shì nǚ tóng xué
不是女同学

40

yǒu xīn lì zhì dào bái tóu
有心立志到白头

41

duàn qiáo cán xuě rù yǎn qián
断桥残雪入眼前

42

shēn cán xīn bù cán
身残心不残

cái zǐ yǔ zì mí
才子与字谜

míngcháo yǒu sān wèi cái zi　　zhù zhī shān　táng bó hǔ hé wén zhēngmíng　tā men shì
明朝有三位才子：祝枝山、唐伯虎和文征明。他们是

fēi cháng yào hǎo de péng yǒu　cháng zài yì qǐ yǐn jiǔ tán xiào
非常要好的朋友，常在一起饮酒谈笑。

yǒu yì tiān　　tā menxiāng yuē lái dào yí gè jiǔ lóu　　zhù zhī shān hé liǎng wèi péng yǒu
有一天，他们相约来到一个酒楼，祝枝山和两位朋友

shuō　　zán men lái cāi mí ba　　cāi bù chū de jiù qǐng kè　　qǐ bú shì hěn yǒu qù
说："咱们来猜谜吧，猜不出的就请客，岂不是很有趣？"

liǎng wèi péng yǒu dōu biǎo shì zàn tóng
两位朋友都表示赞同。

zhù zhī shānshuō le yí gè mí
祝枝山说了一个谜：

gǔ dài yǒu　　xiàn dài wú
古代有，现代无。

shāngzhōu yǒu　　qín hàn wú
商周有，秦汉无。

tángcháo yǒu　　sòngcháo wú
唐朝有，宋朝无。

yuán lái　　tā shì yào liǎng wèi péng yǒu cāi zì mí
原来，他是要两位朋友猜字谜。

táng bó hǔ bù huāng bù máng jiē huà shuō
唐伯虎不慌不忙接话说：

shàn rén yǒu　　è rén wú
善人有，恶人无。

zhì zhě yǒu　　yú zhě wú
智者有，愚者无。

tīng zhě yǒu　　kàn zhě wú
听者有，看者无。

wén zhēngmíng xiào dào
文征明笑道：

yòu biān yǒu　　zuǒ biān wú
右边有，左边无。

hòu miàn yǒu　　qián miàn wú
后面有，前面无。

zhōng jiān yǒu　　wài biān wú
中间有，外边无。

zhè shí shàng cài de diàn xiǎo èr yě lái còu rè nào
这时上菜的店小二也来凑热闹：

gāo gè yǒu　　ǎi gè wú
高个有，矮个无。

zuǐ shàng yǒu　　shǒu shàng wú
嘴上有，手上无。

tiào zhe yǒu　　zǒu zhe wú
跳着有，走着无

sān rén tīng le　　hé diàn xiǎo èr yì qǐ xiào le qǐ lái
三人听了，和店小二一起笑了起来。

yuán lái　　tā men cāi de zhè gè zì　　shì yí gè　　kǒu zì
原来，他们猜的这个字，是一个"口"字。

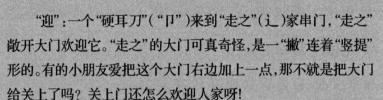

有趣的生字故事

　　"迎"：一个"硬耳刀"（"卩"）来到"走之"（辶）家串门，"走之"敞开大门欢迎它。"走之"的大门可真奇怪，是一"撇"连着"竖提"形的。有的小朋友爱把这个大门右边加上一点，那不就是把大门给关上了吗？关上门还怎么欢迎人家呀！

纪晓岚题字戏和珅

清代才子纪晓岚，是乾隆年间进士，从编修、侍读学士累迁至礼部尚书、协办大学士。

他文情华瞻，慧黠敏捷，是个对句奇才。天地万物、古今诗赋无不可入对者，信手拈来，出口成趣，浑若天成，其炉火纯青的文字功夫让人叹为观止。

关于纪晓岚对联的故事，笔记、野史中多有记载，在民间也流传颇广。

一次，和珅为示风雅，在官邸后花园建书亭一座，邀请纪晓岚题写匾额。

纪晓岚平时听说和珅的几个宝贝儿子全是好吃懒做、不通文墨的花花公子，便有意要作弄他们一下。于是，他挥笔写下"竹苞"二字。

和珅以为纪晓岚是取"竹苞松茂"之意，称赞他书亭四周的翠竹美景呢，于是乐呵呵地说："清高，雅致，妙不可言！"忙让能工巧匠将这龙飞凤舞的"竹苞"二字精雕细

kè xiāng yú shū tíng zhī shàng
刻，镶于书亭之上。

yì tiān qián lóng huáng dì yù jià qīn lín jiàn shū tíng biān é dà xiào bù yǐ hé
一天，乾隆皇帝御驾亲临。见书亭匾额，大笑不已。和

shēn zhāng dà le zuǐ bā shí zài mò míng qí miào dàn yòu bù hǎo wèn huáng dì zhǐ dé shǎ
珅张大了嘴巴，实在莫名其妙，但又不好问皇帝，只得傻

shǎ de zhàn zài yì biān
傻地站在一边。

qián lóng jiě shì shuō hé ài qīng zhè shì jì xiǎo lán zài cháo xiào nǐ jiā de bǎo bèi
乾隆解释说："和爱卿，这是纪晓岚在嘲笑你家的宝贝

ér zi ne
儿子呢！"

hé shēn tīng le huǎng rán dà wù zhí mà zì jǐ hú tu
和珅听了，恍然大悟，直骂自己糊涂。

yuán lái zhú bāo èr zì chāi kāi lái dú zé shì gè gè cǎo bāo de yì
原来，"竹苞"二字拆开来读，则是"个个草包"的意

si jì xiǎo lán shì zài fēng cì hé shēn de ér zi men xiōng wú diǎn mò bù xué wú shù ne
思，纪晓岚是在讽刺和珅的儿子们胸无点墨、不学无术呢！

"良"之歌

"良"旁有"女"是姑娘，"良"旁有"犬"是豺狼。

"良"旁有"米"粮食足，"良"旁有"水"波浪翻。

参考答案

运用拆字法解字谜

01. 能。"比成两半截",就是"匕""匕"。"有"的"下半截"为"月"。

02. 怦。"心里平",就是"忄"和"平"相加,为"怦"。

03. 包。"包"加"扌"为"抱"。"包"加"足"为"跑"。"包"加"火"为"炮"。

04. 炎。"八人"就是"火"。

05. 非。"霏"、"悲"、"诽"、"罪"中都有"非"。

06. 丙。"两"去掉"人",剩下的就是"丙"。

07. 者。"者"加"目"为"睹"。

08. 月。"明"去掉"日",为"月"。

09. 枫。"木""风",合起来就是"枫"。

10. 搞。"扌""高",合起来就是"搞"。

11. 土。"坐"去掉左右的两个"人"则为"土"。

12. 秦。"春"的上半边,"秋"的左半边,合成"秦"。

13. 君。"群"字少了"羊"。

14. 井。"话"在字谜游戏中常指"讠"。"讲"去掉"讠",就是"井"。

15. 有。"用""布"各一部分,组成"有"。

16. 柯。"奇""案"各去掉一部分,留下的部分组成"柯"。

17. 趣。"最"的"后"面为"取"。

18. 也。"他""地"中都有"也"。

19. 京。"亦"的上边为"亠"。"只"的上边为"口"。"不"的下边为"小"。

20. 前。"剪"去掉"刀",为"前"。

21. 直。"植"去掉"木",剩下"直"。

22. 千。"街"的上边为"丿"。

23. 彬。"偶"就是双,两个的意思。两个"木"为"林"。"影"的一部分为"彡"。

24. 秃。"秋"的一部分为"禾"。"风"的一部分为"几"。

25. 阳。"明"中的"月"去掉,剩下"日"。

"阶"的前面为"阝"。

26. 宙。"宝"去掉"玉",剩下"宀","宀"与"由"构成
"宙"。

27. "下"的上边、"上"的下边,都是"一"字。

28. 证。"言"在字谜游戏中常指"讠","讠"与"正"构
成"证"。

29. 郭。"高"的上面、"李"的下面、"郑"的右面,三部
分加起来就是"郭"。

30. 恨。"良"去掉"丶",剩下的就是"艮"。

31. 明。"鹃"不"鸣",剩下"月",无"声"则少"音",
"暗"去掉"音"为"日"。"月""日",合为"明"。

32. 果。"重阳"即"双日",合为"田","重九"即"十
八",合为"木",二者合为"果"。

33. 儿。"方"就是"口"。"四"去掉"口",剩下的就是
"儿"。

34. 干。"汗"去掉"氵",就是"干"。

35. 智。"晓"的一半为"日"。

36. 海。"游"去掉"子""方"再加上"母"
则为"海"。

37. 雕。"言"就是"讠"。"调"去掉"讠",就是"周"。"惟"去掉"忄"则为"隹"。"周"加"隹"构成"雕"。

38. 增。"僧"去掉"亻",剩下"曾"。"寺"的一半为"土"。

39. 甥。"不是女同学",就是"男生"。

40. 壬。"白"的上面为"丿"。"丿""士"相加,就是"壬"。

41. 霜。"断桥"为"木"。"残雪"为"雨"。"眼前"为"目"。

42. 息。"身"去掉一部分,留下"自"。"自"加"心"构成"息"。

八 运用形声法解字谜

字谜库 ⑧

01

xū yú rén bú jiàn
须臾人不见，
dàn wén hǎn jiù shēng
但闻喊救声。

02

jǔ qǐ gàng líng tuǐ zhāng kāi
举起杠铃腿张开，
tái xià chuán lái wǎn xī shēng
台下传来惋惜声。

03

tīng qí shēng　gǎn dào
听其声，感到
guài bù kě dà yì
怪，不可大意。

04

shuō shí chí　nà shí kuài
说时迟，那时快。

05

tīng qí yīn　zhī wéi shāng
听其音，知为 商。

06

wèi hóng qí jiào hǎo

为红旗叫好

07

shù zhōng qī niǎo wén jī shēng

树中栖鸟闻叽声

08

shēng yīn bù shóu

声音不熟

09

dōng yě gū shè dú shū shēng

东野孤舍读书声

10

lí qián jì mǎ kòu chái mén

篱前系马叩柴门

11

míng tiān bú yào tīng yīn yuè
明天不要听音乐

12

qiū liáng chén qǐ wén xiāng yīn
秋凉晨起闻乡音

13

tí gāo shēng yīn
提高声音

14

xǐ yuè zhī shēng
喜悦之声

15

yí yuè yí rì qīng xīn huì zhī yīn
一月一日倾心会知音

16 wén xiāng yīn lèi sǎ zhěn biān
闻乡音泪洒枕边

17 guǎng dōng yīn yuè
广东音乐

shī zú shuāi dǎo cái jiào diē
失足摔倒才叫爹 **18**

19 shēn guī zhú àn wén ér kū
深闺烛暗闻儿哭

táng qián qiū yuè wén xiāo shēng
堂前秋月闻箫声

20

21
yàn què gāo fēi jiào yì shēng
燕雀高飞叫一声

22
quǎn shēng chuān hù chū
犬声穿户出

23
gòng yǔ lí rén tīng qín shēng
共与离人听琴声

fēng shēng sè shēng bàn yàn shēng
风声瑟声伴雁声
24

25 yǔ yùn lí shēng yīn yún sàn
语蕴离声因云散

26 qià sì yóu é jiào yì shēng
恰似游鹅叫一声

27 chū pò zhàn hòu shēng fā chù
出破绽后声发怵

28 hàn sǎ tián jiān mì zhī yīn
汗洒田间觅知音

29

yǒu yuè dāng tóu xiào shēng yáng
有月当头笑声扬

30

sháo gē bàn què dé xīn shēng
韶歌半阕得新声

31

bēi shēng bú zài lóu tóu fàng
悲声不在楼头放

32 gòng jiàn wǎng shàng yīn xiàng diàn
共建网上音像店

33 hán méi bàn fàng zì yín sòng
寒梅半放自吟诵

34 wàn zǐ qiān hóng yàn shēng li
万紫千红燕声里

35 tǒng lǐng sān jūn dú yín shī
统领三军独吟诗

改姓的财主与无赖

gǎi xìng de cái zhǔ yǔ wú lài

从前，有个姓王的清贫秀才考中了举人，乡亲们都前来庆贺。这时，从人群中钻出一个人来，进门就拱手祝贺，说到："恭喜，恭喜！恭喜家门高中了！"旁边有人说："你不是前村的财主老爷吗？你又不姓王，怎么来攀王姓的家门？"财主厚颜无耻地说："什么啊？我若不在水边住，还不是姓王吗？"

这时，人群中又挤出来一个无赖，也上前讨好说："嘿嘿，王老爷，我也姓王哩！让我做您的管家吧！同您一道上任吧！"有人说："你这个无赖，为了姓王，连两边的脸都不要了啊！"周围的人哄堂大笑。原来，财主的姓是"汪"，无赖的姓是"田"。两个人为了与刚中举的王秀才套近乎，不惜把自己的姓氏都给改了。

莲船巧骂贪官

明初，江西有个知府，姓甘名百川，人称五道太守。

上任不久就露出了贪官本相：到处伸手，明抢暗夺，搜刮民财。

这一年元宵节，当地百姓用白纸糊了一只旱地莲船，游行上街。

那条旱地莲船的样子可真是不一般：船前面有两个人，扮成了两头狮子，口里衔着一个大元宝。船旁站着五个道士，都歪戴着帽子。中央一个道士举着一根竹竿，竹竿除竿头上有点青色外，其他部分都是黄色的。

这样一支离奇的队伍，缓缓地穿过闹市，引来了许多闲人，看了都捧腹而笑。

原来，这是一出讽刺剧，一首隐语诗，一则哑谜。它暗藏着四句话："好个干白船（甘百川），两狮（司）都咬（要）钱；五道冠（官）不正，一竿（甘）青（清）不全。"

诗歌与菜谱

绝 句

杜 甫

两个黄鹂鸣翠柳，一行白鹭上青天。

窗含西岭千秋雪，门泊东吴万里船。

这首诗描绘出四个独立的景色，营造出一幅生机勃勃的图画，诗人陶醉其中。诗中巧用数字入诗，"两"、"一"、"千"、"万"四个字，虚实结合，时空结合，增强了诗歌的艺术表现力。

高适和杜甫是很好的朋友，杜甫在成都草堂寄居的时候，高适常常接济他。

有一次，高适来看望好朋友。可是杜甫已经穷困潦倒，他没有很好的酒菜招待高适。家里仅有的是母鸡刚下的两只蛋，刚从园子里割下的一把韭菜和邻人送过来的一碗豆腐渣。杜甫的夫人略加思索，就去操办饭菜了。

高适和杜甫在客厅里相谈甚欢，这时候饭菜做好了。杜甫的夫人首先端上桌的是一盘炒韭菜，上边卧着两个鸡蛋黄。　高适看到这个场景，笑着对杜甫说，"子美，这菜可以起一道很好的诗名啊。"杜甫也笑了，脱口而出："两个黄鹂鸣翠柳。"

就在这时，第二道菜上来了，这次杜甫的夫人端来的是炒鸡蛋清，因为少，所以在盘子里只摆了一条，杜甫看了更高兴了，大声说："一行白鹭上青天。"

一会儿，夫人又做好了第三道菜：素炒豆腐渣。杜甫又诵出壮观的诗句："窗含西岭千秋雪。"

这时候只剩下鸡蛋壳了，夫人灵机一动，用最后的蛋壳做了一碗蛋壳汤。当蛋壳汤端上来的时候，两个蛋壳在汤里游来游去，好像小船在大湖上逐浪。

杜甫和高适相对一笑，一起吟出了诗的最后一句："门泊东吴万里船。"

宾主尽欢，成为诗坛一段佳话。

参考答案

运用形声法解字谜

01. 臼。"舅"去掉"人",剩下"臼"。"救"是对谜底读音的提示。

02. 哎。谜面前半句象形,一人分开两腿、张开双臂举起杠铃的样子可以用"艾"来形容。"台下"就是"口"。台上运动员表现欠佳,台下的观众会表示惋惜,会发出"唉"的音。而"唉"与"哎"同声,暗示了谜底读音。

03. 奇。"其"暗示了谜底读音。"不可大意"即"奇"。

04. 驰。"说时迟",暗示了谜底读音。"那时快"暗示了谜底的意思。

05. 殷。"听其音",暗示了谜底读音。"殷"为商朝的一个时期。

06. 郝。"赤"即"红色"。"阝"在字谜游戏中常被用来形容旗帜。"叫好"是对谜底读音的揭示。

07. 鸡。"树中"是"又"。"又""鸟"相加,就是"鸡"。"叽"暗示了谜底读音。

08. 生。"声音",暗示了谜底读音,"不熟"即"生"。

09. 舒。"野"东面为"予"。"书"暗示谜底读音。

10. 笃。谜面的意思是:有人把马拴在篱笆前,叩了叩柴门。"篱前"就是"竹"。"竹""马"相加,就是"笃"。扣柴门的声音恰恰就是"笃笃笃"。

11. 月。"乐"暗示了谜底的读音。

12. 香。"秋""晨"的一半是"禾"、"日"。"乡"暗示了谜底读音。

13. 升。"声",暗示了谜底读音,"提高"即"升"。

14. 乐。"悦"暗示读音,"喜"暗示字义。

15. 脂。"倾"的中间是"匕"。"月""匕""日"相加为"脂"。"知"暗示谜底读音。

16. 湘。"泪"的一半是"目"。"洒"的一半是"氵"。"枕"的一半是"木"。"乡"暗示了谜底读音。

17. 粤。"广东"的简称是"粤"。"乐"暗示谜底读音。

18. 跌。"失""足"就是"跌"。"爹"暗示了谜底读音。

19. 蛙。小儿哭的声音就是"哇"。暗示谜底读音。"烛"的一半为"虫","闺"的一半为"圭"。

20. 肖。"堂"前是""。""加"月"即为"肖"。"箫"暗示了谜底读音。

21. 焦。"叫"暗示了谜底读音。"燕雀高飞"即降去一"燕"和"雀"的上部分

22. 润。"犬声"即狗叫声,音"汪"。"犬声穿户出"即"汪"穿"门"而出,得出谜底"润"字。

23. 禽。"琴"暗示了谜底读音。"离"加"人"即为"禽"。

24. 艳。从"风声"得出谜底中的"丰",从"瑟声"得出谜底中的"色",两者组合为"艳"。"雁"暗示谜底读音。

25. 韵。"语"即"音","云"与"匀"同"音"加"匀"为"韵"。"蕴"暗示谜底读音。

26. 乙。"游鹅"形如"乙"字形。"一"暗示谜底读音。

27. 绌。"怵",暗示了谜底读音。"纟"加"出"即"绌"。

28. 汁。"知"暗示了谜底读音。

29. 肖。"笑"暗示了谜底读音。

30. 歆。"新"暗示了谜底读音。"韶"与"歌"的一半相加为"歆"。

31. 杯。"悲",暗示了谜底读音。"楼"的一半加"不"

为"杯"。

32. 典。"共""网上"组成"典"。"典"的读音,像"店"的读音相近。

33. 宋。"诵"暗示了谜底读音。"寒"与"梅"的一半相加为"宋"。

34. 艳。"燕声"暗示了谜底读音。

35. 师。"吟诗"暗示了谜底读音。

九 运用会意法解字谜

字谜库⑨

01

shàng ér yòu xiǎo
上而又小，
bié xiǎo kàn tā
别小看它，
ruò lùn bèi fèn
若论辈份，
zhǔn bǐ nǐ dà
准比你大。

02

dà yǒu tóu　zhōng wú
大有头，中无
xīn　xiǎo quánshēn
心，小全身。

03

dǎ kāi mén yǒu kè lái
打开门有客来，
xiān tuō mào zài tuō yī
先脱帽再脱衣。

04

bù jiā kǒu　　yí gè kǒu
不加口，一个口，
jiā gè kǒu　　jiǔ gè kǒu
加个口，九个口。

05

shí gè gē ge　　tǐ zhòng zhēn qīng
十个哥哥，体重真轻，
chēng yì qiān cì　　cái yì gōng jīn
称一千次，才一公斤。

06 yí gè lǐ bài
一个礼拜

07 yì jiā shí yī kǒu
一家十一口

08 èr bā jiā rén
二八佳人

09 èr xiǎo jiě
二小姐

10 yín lóu
银楼

11

rén wú cùn tiě

人无寸铁

12

shí wǔ tiān

十五天

13

sān zhāng zhǐ

三张纸

14

shàng xià chuàntōng

上下串通

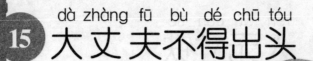

15 dà zhàng fū bù dé chū tóu
大丈夫不得出头

16 shàng xià nán fēn
上下难分

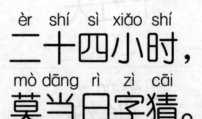

èr shí sì xiǎo shí
二十四小时，
17
mò dāng rì zì cāi
莫当日字猜。

18 shàn shǐ shàn zhōng yí piàn xīn
善始善终一片心，
yì xīn zhǐ tú fān gè shēn
一心只图翻个身。

19

zhōng qiū yè wū yún bào yuè
中秋夜乌云抱月

20

suàn mìng xiān sheng
算命先生

21

zhōng guó huà
中国话

22

wǔ shí duì ěr duo
五十对耳朵

23

jiā zhōng xiōng zhǎng duō
家中兄长多，
yì mén gòng bā gè
一门共八个。

24

liǎng diǎn yì zhí
两点一直，
yì zhí liǎng diǎn
一直两点。

25

fǎn bǐ
反比

26

cǐ zì bù nán cāi
此字不难猜，
ér qiě bù fēn kāi
而且不分开。

27

méi yǒu xīn qíng
没有心情。

28

shuō bú jiào shuō
说不叫说，

ná bú jiào ná
拿不叫拿。

tiān tiān
天天　**29**

30　quē qián
缺钱

31　huáng hūn shí hòu
黄昏时候

32 xīn rú dāo cì
心如刀刺

33 xùn gǒu zhě
驯狗者

34 xiōng yǒu zhài
兄有债

xiōng dì jiě mèi
兄弟姐妹 **35**

yì jiā zhī yán
一家之言 **36**

37

lǚ xíng zuò fēi jī
旅行坐飞机

38

lí bié
离别

39

zài huì
再会

40

fù nǚ jiě fàng fān le shēn
妇女解放翻了身

41

zhuǎn yè dào chǎng
转业到厂

42
lín mù sēn sēn
林木森森

43
cǐ zì bù qí guài， fēn
此字不奇怪，芬
fāng yòu zì zài， qī rén
芳又自在，七人
tóu shàng cǎo dà jiā
头上草，大家
dōu xǐ ài
都喜爱。

44
shí yī diǎn jìn chǎng
十一点进厂

45
cǐ kè lái yì bú shàn
此客来意不善

46
yù huà wú yán tīng liú shuǐ
欲话无言听流水

47
cǐ zì bù nán cāi
此字不难猜，
kǒng zǐ cāi sān tiān
孔子猜三天。

48 ōu zhōu rén
欧洲人

49 zì jǐ huà
自己话

50 zhù zài huáng jīn wū
住在黄金屋

51 pàn jué wú zuì
判决无罪

52 wǒ de xīn
我的心

53 gān zào jì
干燥剂

54 méi yǒu gē ge
没有哥哥

55 hé shàng bài fó
和尚拜佛

56 chángmíngdēng
长明灯

57 miáo tóu bú duì
苗头不对

58
huáng dì xīn yī
皇帝新衣

59
gé wài dà fāng
格外大方

60
léng
楞

61
mò xǔ
默许

62
bān jiā
搬家

63

shù gān

竖杆

64

xiān chéng chú

先乘除

65

hàn tiān léi

旱天雷

66

kuà lán bǐ sài

跨栏比赛

67

mù ǒu huáng hòu

木偶皇后

qù chú què bān
68 去除雀斑

xī xià měi nǚ
69 西下美女

lǎo bǎn
老板 70

xù bá zhī jiān
71 序跋之间

zhāng tiē bù gào
72 张贴布告

鲁班考徒弟

鲁班是著名的能工巧匠，他收了很多徒弟。一天，他把徒弟都叫了过来，说："我教你们也有一段时日了，明天你们都来我家，我要考考你们，看看你们谁的技艺学得好。"

第二天，徒弟们都早早地来到了师父家。可是，大门紧锁，门上写有五个字："今日可不见。"

徒弟们一见到师父的留言，就决定离去。这时，其中一个年龄最小的徒弟忽然说道："我们到河边去看看，师父可能在那里。"大家说："你怎么知道师父可能在河边呢？"

小徒弟说："师兄你们看，门上这五个字，'可'就是'河'字的边；'不见'两个字合在一起可看成是'觅'字。这不分明是暗示我们今天到河边去寻找吗？"

大家将信将疑，决定到河边去试试看。果然，看到鲁班在那里等着大家。鲁班很高兴，说："你们用梓木做一样东西，但是一定要做满三日，一定要精。这就是我今天的题目。"

徒弟们连忙开始制作。三日后，徒弟们都带来了非常精美的作品。鲁班一个一个地看着，但是，眉头一直紧锁。突然，他看到小徒弟的作品，非常高兴，顿时哈哈大笑——小徒弟做了一个非常精巧的书架，书架的样木正好构成一个"晶"字模样。鲁班捋了捋胡子，对其他的徒弟说："这才是我要求你们做的。一个工匠，不仅要有精巧的手艺，还要有一个机灵的头脑。你们都回去想一想，为什么都做错了？"

鲁班离开后，大家立刻围着小徒弟，寻问原因。小徒弟说："师父不是说用梓木做三日，要做得精吗？'梓'是'字'的谐音。'精'是'晶'的谐音。三个日字不正是一个'晶'字吗？"大家这才恍然大悟，纷纷赞不绝口。

老翁与牧童

有一位老翁，爱好谜语。一天他碰见一个牧童，他看这个小牧童聪明伶俐，便出一个字谜让牧童猜。

老翁说："雨天没有阴天有，田里没有湖里有，河水没有潮水有。"

牧童听后说："你说的此字不难猜。我也出个字谜，这个字谜的谜底和您的谜底，又可凑成一个字。"

老翁一听，暗暗称奇：这小孩不简单，不但很快猜中了我的谜，而且还能以谜底再制一谜。

只听牧童说："雨天没有晴天有，田里没有堤上有，云南没有贵阳有。"

老翁哈哈大笑说："我猜着了！你谜我谜合成双，到处一片亮堂堂！"

原来，老翁说的是"月"字，牧童说的是"日"字。聪明的你，猜对了吗？

佛印吃鲜鱼

有一天，苏东坡在书房里吃午饭，桌上摆上了一大盘香喷喷的鲜鱼，他拿起筷子刚要吃，忽然发现佛印和尚来了。心想：好个赶饭和尚，口福倒不浅。上次你把狗肉藏起来，亏我妙语珠唇，方逼出你的狗肉，这回我也要难难你。于是，赶忙把鱼藏在书架上头。

佛印在门外早看见了苏东坡的藏鱼举动，也佯装不知。苏东坡笑嘻嘻地招呼佛印坐下，问道："大和尚不在寺院念经，到舍间何事？"佛印一本正经地说："有一个字不会写，特来求教。"

"但不知何字？"苏东坡问。

"就是贵姓'苏'字。"佛印答道。

苏东坡一听，便知佛印要开玩笑，但却装着认真的样子说："'苏'（苏字的繁体字）字是上边一个草字头，下边左面一个'鱼'，右面一个'禾'。"

佛印假装胡涂地问："'鱼'放在右面，'禾'放在左

^{miàn} ^{xíng ma}
面，行吗？"

^{sū dōng pō shuō} ^{zhè yě xíng}
苏东坡说："这也行。"

^{fó yìn jiē zhe shuō} ^{yú} ^{fàng zài shàngmiàn ne}
佛印接着说："'鱼'放在上面呢？"

^{sū dōng pō máng dào} ^{nǎ yǒu zhè yàng de fàng fǎ} ^{dāng rán bù xíng a}
苏东坡忙道："哪有这样的放法？当然不行啊！"

^{fó yìn hā ha dà xiào shuō} ^{jì rán} ^{yú} ^{fàng zài shàngmiàn bù xíng} ^{nà jiù gǎn}
佛印哈哈大笑说："既然'鱼'放在上面不行，那就赶

^{kuài ná xià lái yì qǐ chī ba}
快拿下来一起吃吧！"

^{sū dōng pō zhè cái huǎng rán dà wù} ^{míng bái le zì jǐ zhòng le fó yìn hé shàng de quān}
苏东坡这才恍然大悟，明白了自己中了佛印和尚的圈

^{tào} ^{xiào zhe bǎ xiān yú duān le xià lái} ^{yǔ lǎo péng yǒu tóng jìn wǔ cān}
套，笑着把鲜鱼端了下来，与老朋友同进午餐。

有趣的生字故事

"裹"：一个小朋友，摘了不少野果子，果子实在太多啦，兜里装不下了，怎么办呢？这个小朋友想了想，灵机一动，脱下身上的衣服，把野果子包起来，高高兴兴地提着回家了。这就是"裹"字中，"果"之所以在"衣"中的缘故。

参考答案

运用会意法解字谜

01. 叔。"上""又""小"组合成"叔"。"若论辈份,准比你大",暗示了谜底的意思。

02. 京。"大有头"即"亠","中无心"就是"口"。"亠"、"口"、"小"组合成京

03. 阁。"客"脱去帽子,就是"各"。"门"加"各"就是"阁"。

04. 井。如把"口"套在"井"字的外面,就是九个口。

05. 克。"一公斤"就是一千克。"十个哥哥"即"十兄弟","十"加"兄"为"克"。

06. 旨。"一个礼拜"就是"七天"。

07. 吉。"十""一""口"组合就是"吉"。

08. 妙。"二八佳人"就是"少女"。

09. 姿。"二小姐"就是"第二个女儿"。"第二个"也就是"次"。

10. 锯。"楼"就是房子,可理解为"居"。

11. 控。"人无寸铁",就是"手里没有拿东西",即"手是空的"。

12. 胖。"十五天"就是"半个月"。

13. 顺。"三张纸"也就是"三页纸"。

14. 卡。"上"和"下"共用"一",即"上下串通"。

15. 天。"夫"不出头,就是"天"。

16. 卡。"上"和"下"共用"一",所以分不开。

17. 旧。"二十四小时"就是"一日",即"丨"加"日"为"旧"。

18. 总。"只"翻转后就是"总"字的上半部分。

19. 胞。"乌云抱月"就是"月包"。

20. 仆。"算命"就是"占卜","先生"就是"人",即"亻"。

21. 哗。"话"用"口"来表示,"中国"即"华"。

22. 陌。"五十对耳朵",就是"一百只耳朵"。在字谜游戏中,"耳朵"常被理解为"阝"。

23. 阅。"八个兄长",就是"兑"。

24. 慎。"两点一直"就是"忄"。"一直两点"就是"真"。

25. 北。"比"的左边"匕",反过来,就是"北"的左边。

26. 面。"而""且"不分开,就是"面"。

27. 青。"情"没有"心",就是"青"。

28. 最。"说不叫说",就是"曰"。"拿不叫拿",就是"取"。

29. 晦。"天天"也就是"每日"。

30. 钦。"钅"在字谜游戏中常可理解为"钱"。

31. 晒。"黄昏时候",太阳在西边,即"日西"。

32. 必。"必"上的"丿",像一把刀。

33. 狮。"狗"就是"犭"。

34. 歌。"兄有债",也就是欠哥哥的钱。

35. 捉。"兄弟姐妹"即"手足"。

36. 诧。"家"就是"宅"。

37. 辈。"坐飞机",而"不是坐车"。

38. 扮。"离别"也就是"分手"。

39. 观。"再会"也就是"又见"。

40. 山。先将"妇"字去掉左边的偏旁,再将右边部分翻转,应是"山"。

41. 严。把"业"转一下,就是"严"的上半部分。

42. 杂。"林木森森",这几个字一共有"九个木"。

43. 花。"芬芳"告诉我们谜底的偏旁,"七人"就是"化"。

44. 压。"十"、"一"、"点""厂"相加,就是"压"。

45. 殡。"歹"是"不好"的意思。

46. 活。"话无言"就是"舌"。

47. 晶。"三天"就是"三日"。

48. 伯。"欧洲人"即"白人"。

49. 语。"自己"就是"吾"。

50. 锯。在字谜游戏里,"钅"常指"黄金"。"屋"就是"居"。

51. 皓。"判决无罪",意味着原告的官司白打了,也就是"白告"了。

52. 悟。"心"就是"忄","我"即"吾"。

53. 法。干燥剂的作用就是"去水"。

54. 歌。"欠"就是"少,没有"的意思。

55. 拿。"拜佛"需要"双手合在一起"。

56. 灸。"长明灯"即"火长久不灭"。

57. 笛。"苗"的上面不对,换个偏旁。

58. 袭。皇帝就是"龙"。

59. 回。"格"就是"口","大方"就是大的"口"。

60. 噪。将"楞"字,拆分为"四"、"方"、"木"三体。意为四个方形,加上一个"木"形,就可得到谜底"噪"。

61. 午。"默许"即将"许"字去掉"讠"。

62. 冢。即"家"上的"、"移到下面。

63. 亲。"亲"字可以分拆为"立"、"木"。"立",即"竖";"木",即"杆"。

64. 垢。"先乘除,后加减",是计算的基本规则。这里只说半句"先乘除",是为了引出下半句"后加减"。谜底为"垢",它可以拆分为"十"(加号)、"一"(减号)

和"后"。

65. 田。把"雷"字上的"雨"旁去掉,得到谜底"田"。

66. 竹。本谜面是会意法字谜,也是象形法字谜。"竹"字下面的两竖,象征着比赛用的跨栏。上面两个人正在迈开双腿,比肩齐驱,奋力跨栏。

67. 琳。将"木"之偶与"皇"之后,组合起来,才能得到谜底。"木"之偶,为"林"。"皇"之后,为"王"。"林"、"王"相合,就是"琳"字。

68. 乌。"鸟"字去掉里面的一点,就是谜底汉字"乌"。"雀斑"二字连用,侧重点是在"斑"字上,而不是在"雀"字上。

69. 要。"西"和"女"组合为"要"。

70. 住。"老板"就是"主人"。

71. 政。"序"是写在正文之前的文字,"跋"是写在正文后面的文字,因此"序"和"跋"之间必定是"正文","正"与"文"合起来可成"政"字。

72. 祟。"张贴"就是"出示"。

十 运用问答法解字谜

字谜库 ⑩

01

shuí zuò zhèn shuǐ jīng gōng
谁坐镇水晶宫

02

shēn tǐ néng fā guāng
身体能发光

de shì shén me
的是什么

03

zhǐ tou chù diàn yǒu hé gǎn jué
指头触电有何感觉

04

hé wù bú pà huǒ liàn
何物不怕火炼

05

wǔ jiā sān shì duō shǎo
五加三是多少，
dá àn bú shì bā
答案不是八。

06
lǔ bān běn háng shì shén me
鲁班本行是什么

07
yì xún yǒu jǐ tiān
一旬有几天

08
guāng xiàn tài àn wèi
光线太暗为
hé bù yí kàn shū
何不宜看书

09
xiāo fáng duì wèi hé chū dòng
消防队为何出动

10

qī shí èr xiǎo shí

七十二小时

shì duō shǎo tiān

是多少天

11

cháng é yù tù zài hé chù

嫦娥玉兔在何处

12

wǔ chāng qǐ yì shì nǎ yì tiān

武昌起义是哪一天

13

yī lì suō bái shì shuí

伊丽莎白是谁

14 sān chéng qī shì duō shǎo
三乘七是多少

15 100×80 shì duō shǎo 是多少

16 chūn jié guò wán sān
春节过完三
tiān hái shèng shá
天，还剩啥？

17 xiān rén zài hé fāng
仙人在何方

tiān lěng zěn me bàn
天冷怎么办

18

19

xiāo miè hóng zāi de zhí
消灭洪灾的直

jiē fāng fǎ shì shén me
接方法是什么

20

féi pàng shì shá bìng
肥胖是啥病

不吭声吃西瓜

bù kēngshēng chī xī guā

小明和小亮是好朋友，一年暑假，他们一起来到小明乡下的伯伯家玩耍。一天，他们帮助伯伯清理羊圈，累得满头大汗。伯伯看到他们太累了，就拿来一个冰镇西瓜，笑哈哈地对小明和小亮说："你们两个小子，干活都是好手，我出个谜，看看谁能猜出来，猜出来的奖赏半个西瓜！"

小明和小亮脾气相投，都决定比试一下。正在这时，邻居家的一只乌毛狗来"串门"了。伯伯就指着那只狗说："谜面就是它，你们两个猜猜是个什么字？"小明马上就说："狗嘛，那肯定是"犬"字。"可是小亮不吭声，拿起西瓜就吃。小明拍了小亮一下，说："你这样可不太好啊！"可是小亮依旧吃着西瓜，不吭一声。

伯伯咧着嘴大笑，对小明说："小亮猜对啦！应该吃西瓜。"小明挠挠头，说："怎么猜对了啊？他连话都没有说。"伯伯说："他现在不说话，就是沉默啊！看看那条狗是啥颜色的？"小明这才恍然大悟：黑犬，就是个"默"字啊！

各姓什么。

春节时期，一位记者到体育中心去采访依旧刻苦训练的运动员。

他一共要采访六位运动员，按照采访惯例，他要先知道运动员们的姓氏。

运动员们却不直接告诉他姓什么，只是说："我们六个人做一些动作，看你能不能猜出来。"

篮球运动员指着两棵并排的树说："我姓它。"

跳高运动员顺手把一根木尺往土堆旁一插，说："我姓这个。"

射箭运动员把手上的弓使劲一拉，说道："这便是我的姓。"

围棋运动员把一颗棋子放在一只瓷盆上，说："我的姓在此。"

田径运动员取来一本《作文选》，放在足球场的球门下，笑着讲："这里藏着我的姓哩。"

wǔ shù yùn dòngyuán zǒu shàngqián ná guò zhè běn　　zuò wén xuǎn　　bǎ shǒuzhōng de yì bǎ
武术运动员走上前拿过这本《作文选》，把手中的一把

dān dāo hé shū bìng pái fàng zhe　　xiào hē hē de rǎng dào　　jì zhě tóng zhì　　wǒ ya　jiù
单刀和书并排放着，笑呵呵地嚷道："记者同志，我呀，就

xìng zhè gè
姓这个。"

jì zhě shuō　　wǒ zhī dào nǐ men xìng shén me la
记者说："我知道你们姓什么啦！"

yuán lái　　lán qiú yùn dòngyuán xìng lín　　tiào gāo yùn dòngyuán xìng dù　　shè jiàn yùn dòngyuán
原来，篮球运动员姓林，跳高运动员姓杜，射箭运动员

xìng zhāng　　wéi qí yùn dòngyuán xìng mèng　　tián jìng yùn dòngyuán xìng mǐn　　wǔ shù yùn dòngyuán xìng
姓张，围棋运动员姓孟，田径运动员姓闵，武术运动员姓

liú　　cōngmíng de xiǎo péng yǒu　　nǐ cāi chū lái le ma
刘。聪明的小朋友，你猜出来了吗？

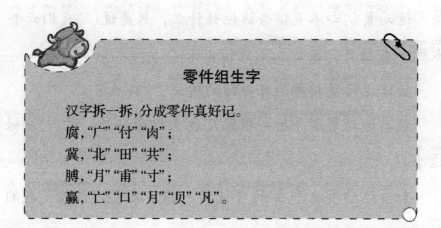

零件组生字

汉字拆一拆，分成零件真好记。
腐，"广""付""肉"；
冀，"北""田""共"；
膊，"月""甫""寸"；
赢，"亡""口""月""贝""凡"。

参考答案

运用问答法解字谜

01. 珑。"龙王"坐镇水晶宫。

02. 烛。身体能发光的是"萤火虫"。

03. 摩。"摩"可折分为"麻""手"。"指头触电"手会感到发麻。

04. 镇。"真金"不怕火炼。

05. 积。"积"可折分为"和""八"两个字。"和八"的意思就是"五加三"的答案为"八"。

06. 杠。鲁班是位木工。

07. 早。一旬有"十日"。

08. 瞎。"光线太暗",对眼睛有害——"害目"。

09. 烟。消防队因火出动。

10. 晶。七十二小时是"三日"。

11. 肿。嫦娥和玉兔都在"月中"。

12. 朝。武昌起义的时间为"十月十日"。

13. 瑛。伊丽莎白是"英国的女王"——"英王"。

14. "基"。"三乘七""共二十一"。"基"可拆分为"共二十一"。

15. 秀。100×80=8000,即"乃八千"。

16. 人。"春"去掉"三日",剩下了"人"。

17. 晋。"仙"中的"亻"在"山"的西边。"仙人在何方"答案是在"山西"。山西的简称就是"晋"。

18. 袈。天冷要"加衣"。

19. 法。消灭洪灾的方法就是要"把水去掉"。

20. 瘤。肥胖是肉多的病,也就是"加肉病"。